唯美阅读

Welmei Yuedu

唯美阅读

一路开花
陈晓辉
/主编/

感谢鲜花也感谢荆棘

煤炭工业出版社
·北京·

图书在版编目（CIP）数据

感谢鲜花，也感谢荆棘 / 一路开花，陈晓辉主编 .
--北京：煤炭工业出版社，2018（2023.2 重印）
（唯美阅读）
ISBN 978-7-5020-6716-8

Ⅰ.①感… Ⅱ.①一… ②陈… Ⅲ.①故事—作品集—世界 Ⅳ.①I14

中国版本图书馆 CIP 数据核字(2018)第 283033 号

感谢鲜花 也感谢荆棘（唯美阅读）

主　　编 一路开花 陈晓辉
责任编辑 马明仁
编　　辑 郭浩亮
封面设计 宋双成

出版发行 煤炭工业出版社（北京市朝阳区芍药居 35 号 100029）
电　　话 010-84657898（总编室） 010-84657880（读者服务部）
网　　址 www.cciph.com.cn
印　　刷 北京飞达印刷有限责任公司
经　　销 全国新华书店

开　　本 710mm×1000mm 1/16 **印张** 14 **字数** 220 千字
版　　次 2019 年 1 月第 1 版 2023 年 2 月第 3 次印刷
社内编号 9596 **定价** 46.00 元

目录
Contents

第二辑 Chapter Two

第三辑 Chapter Three

第四辑 Chapter Four

Chapter Five

第一辑
Chapter One
Weimei
Yuedu
唯美阅读

只因不忍

▶ 文／张亚凌

惟宽可以容人，惟厚可以载物。

——薛日宣

天天给学生们义正词严地说要勇敢，勇于表现自己的爱憎，敢于指出身边的是非。因为我一直坚信：沉默，有时就是助纣为虐！

可那天，面对一次类似偷窃般的行为，我保持了沉默。

那天出门是下午三点多，有风，街道上的行人不是很多。经过保险公司门口时，从旁边的巷子里走出来一个老妇人，和我同路。我打量了一下这个同行者：是生活艰辛显得苍老，还是真的衰老？看样子，六十多岁了吧。她左手拎着塑料袋，里面装着几个饮料瓶，右手拿着一个小纸箱，似乎又不像专门拾荒的。一路上，她的眼睛都在地面扫描，偶尔有点收获。

又往前走了一段。一个商店门口有个大纸箱，走近时，我瞥了一眼，里面还有放得整整齐齐的黄板纸。

那老妇人停在了纸箱边，她向商店里瞅了一眼，而后用脚蹬了一下纸箱，纸箱向旁边挪动了一下。她站在那儿，看起来是随便瞅着四周，其实是看商店里有没有人出来制止吧？没人。她又用脚连续蹬了几下，纸箱便脱离了商店里的人往外看时的视力范围。她再次站住。过了一会儿，没人出来，她将手里的东西扔进纸箱，拉起纸箱就走，很快地走，近似于小跑般地走，那利落劲给我的感觉和年龄极是不相称的。我也加快了脚步。拐了个弯，她才慢了下来，似乎还喘着气，往回看。

我笑了，心里竟然是说不出的舒畅，随后快步和她拉开距离。

我目睹了一次类似偷窃的行为，却没有像自己给学生教育的那样去做。那佝偻着的瘦小的身躯，满头飘散的白发，让我满心都是不忍！

今天早晨去买香菇，家里人都爱吃，也觉得经常买麻烦，看见旁边有几个装好的大袋子。一问，37 块钱一袋。我说，拿一大袋子吧。给了钱，随便拎了一袋就走。

那个老人却叫住了我："你从那边那两个袋子中挑一袋拿上。"我疑惑地看着她。老人解释道，那两个袋子是我一个一个挑的，都是大的，你拿的是没挑没捡一块装的，大小不一。我又问，得是好坏不一样？老人又说，"我看你就没讲价，心里过意不去，就……就想叫你拿那好点的。"从她一脸不好意思中可以看得出，是个不善于表达感情的老人。

"没事，我就拿这一袋，碰到难说话的，你叫拿那些。"尽管依旧拎着大小不一的香菇，可我还是很欢喜地离开了，——我意外地收获了份很美好的感情。

老人和我，都因不忍。

突然就想起那个经常来小区收废品的老人，还有他那小小的心眼儿。

每次，秤杆翘得很高很高他就喊"对了，对了"，而后不等你看秤他就报出了斤两，就收了秤。几秤下来，差的斤两就多了。我从没挑破他那小把戏，总是笑着接过他的钱，每次还总是卖给他。

我留意更多的，是他满脸的老人斑，枯瘦的手指。只因不忍，什么都可以接受，从没觉得吃亏。

不忍，真的是种很美好很美好的感情啊：她既快乐丰富着我自己，还滋润温暖着别人；也因了“不忍”，温馨的场景才会时时涌现，感动着我日渐疲倦麻木的心。

别让缺憾孤独

▶ 文 / 张亚凌

人之为善，百善而不足。

—— 杨万里

“看我这双鞋子，漂亮吧？”这是个阳光得让我不忍面对的姑娘。

她的右脚斜斜地向外扭着，腿似乎也不得劲，走起路来一颠一颠的。此刻，她让我欣赏自己脚上那双点缀着花儿的别致的红皮鞋，一脸欢喜地笑。

我曾问过她，鞋越漂亮，人就越容易注意到你的脚有问题啊，——你该避免让别人注意才是。

她笑了，接下来的一番话让我心疼又欣慰。她说，我的脚已经委屈成那样了，再不让穿漂亮的鞋子，就太对不起它了。再说了，不管咋样的脚，一旦长在自己身上，就得好好爱了……人家的再好是人家的，得学会爱自己的。

也就是从那次贸然询问后，我从心里将这个姑娘视作了朋友：我喜欢上了和这个姑娘聊天，我更尊重这样的生活态度。

看着她，我常暗自嘱咐自己：学着点吧，摊到自己头上的，即便是苦难，也得欣然接受。那样才能让自己的心儿远离阴暗向着阳光，甚至在苦难的泥淖中也会绽放成花！

一位朋友，脸上有一大片疤痕，不知是擦伤还是烧伤。暗红色一片，一片无法遮掩的难看。每每需要拍照，她并不排斥，反倒一脸灿烂。

奇怪的是，每每想起她，我眼前浮现出的总是她笑容的灿烂，而不是疤痕的丑陋。

有一次大家围起来看合影，她大大咧咧地说，我的疤痕破坏了画面，可我用笑弥补了，——只有我笑得好看，是吧？

是的，何时何地见到她，总是如花的灿烂，那是疤痕不能遮掩的。

缺憾已经产生了，铁定无法改变。为什么要让缺憾孤独呢？唤来美，与缺憾牵手，缺憾将会以舒服的方式存在。

草也可以挺立成树

文 / 张亚凌

俊俏的相貌在市场上买不到任何东西。

——英国谚语

应邀去一所学校以所谓作家的身份讲写作。

那是一群相传“基础极差”“上课反应迟钝”“缺少活力”的学生。学校位于郊区，学生大都来自偏远的乡下或父母在城里打工的家庭。

或许受到以上认识的影响，我准备的讲稿也比较简单，就是最最基本的写作常识：写作是看守自己的最好方式，最好的写作素材就在你的身边，写作不是绞尽脑汁说假话编瞎话而是坦诚地展示自己的认知过程……

我面对的是初三的学生。一个大礼堂坐得满满的，没留过道，似乎连转个身都有困难，很是拥挤。

我一进去，就听到坐在最前面的女生用很小的声音说，跟书上的照片不像啊。我笑着接了话：“我刚才听见有个同学说我跟书上长得不像。我这个人不用防伪标志的，长得太对不起大家了，放心吧，没人愿意假冒我的。”

立马有个同学开了口：“老师，你有气质，——气质是永不过时的美丽。”

“老师，有魅力就是美丽。”

“长得好看是最简单的美丽。”

“有文化才是深度美丽。”

“……”

那么咱们今天就先从对“美丽”的认识说起吧。这就是我的开场白，没有在我的预想之中，可我觉得由此切入更好。

我讲得兴起，讲得热情高涨。因为我看见了一张张脸颊上流淌着的欢喜，我感受到了一道道目光里汹涌着的热情。那脸颊那目光，就是对我莫大的奖赏！

拥挤着，并不影响他们低头快速地做笔记；低头快速做笔记并不妨碍他们用眼神向我传递他们内心的愉悦。

原定是一个半钟头，学生们热情很高。我刚说出“今天咱们就聊到这里”，下面的学生们就大喊着“接着讲，继续讲”“不休息，不休息”，强烈要求我继续讲。

延长至两个半钟头。至此，学生们是不舍，我呢，也是意犹未尽。

我被他们围得水泄不通，话语如涌动着的热浪。

“老师，给我写一句勉励的话吧！”

“写一句话让我督促我自己，老师！”

“老师，鼓励我一下。”

“老师，您的 QQ 号留给我，我不打搅您，就是有问题时问问。”

……

就是这个场景，让我欢喜，让我欢喜得想落泪：我看见了一群渴望得到帮助的孩子，渴望在自己奔跑时听到喝彩的孩子，唯恐自己无力想寻找依靠的孩子。我不能拒绝，——我不能漠视渴望飞翔的心灵！

于是我快速而仓促地满足着他们：

“人永远的支持者是自己”

“热情是永不贬值的财富”

“喜欢阅读的孩子是善良的”

……

我将一支中性笔写得油尽笔干，唯恐对他们的帮助不够。我没奢望自己的一次讲座会引领多少孩子发自内心地喜欢上写作，可我真的渴望看见学生们面对读书学习如饥似渴的目光。事实是，在这里，我真的看到了！我恨不得拥抱每一位围着我的学生，我想拍拍他们的肩，告诉他们，“看到你这样老师真的很高兴”。

一个胆大的学生还伸出了手，我们，一个老师与一个学生，握了手。

当我坐车离开这所学校时，很是欢喜：这所学校的孩子并不像传说与想象中的那样，——颓废得让人心凉或失望。

孩子们，见过竹子吗？坚韧挺拔的竹子远远超过了一些树木。竹子是草本植物，是不是草也可以挺立成树？

小喜欢

▶ 文 / 冰凌

人并不是因为美丽而可爱，而是因为可爱才美丽。

——列夫·托尔斯泰

在我心底好像有个喜欢的湖，常常会冒出喜欢的泡泡儿，心里是痒痒的还是美滋滋的，倒有些说不清了。

我很仰慕的一个作家，年前，她在博客上留言：近期很少作文，冬天到了，手冷。

就是这么简简单单的一句话，倒让我高兴了好一段日子。她不是那种有没有感情都必须挤出点东西，急于证明自己才华的作家。“冬天到了，手冷”，还有比这更好的理由吗？可爱之至，温馨之至。

就是这么一句话，让我一下子喜欢上了这个作家，而不仅仅是遥不可及的仰慕。

史铁生曾对一群盲童说，残疾无非是一种局限。你们想看而不能看，我呢，想走而不能走。那么健全人呢，他们想飞也不能飞呀。

读到这里，我觉得自己心底升起了对史铁生的喜欢：有点调侃，有点自我安慰。我似乎看见了从文字中剥离开来的尘俗中的史铁生。

我喜欢说这句话时的史铁生，喜欢里，还有些心疼。

喜欢身边的那个小姑娘。与相恋了五年的男友分手，确切地说，是相恋了五年的男友与她分了手。不曾见她像祥林嫂那样，逢人就说伤心事，说得自己泪流满面痛不欲生，更不曾见她说过男友的任何不是。

“不能因为今天的他就去伤害昨天的他。”她一脸平静地告诉我，“昨天的他，真的很爱我，也给了我很多快乐。”

喜欢那个一小把一小把卖野菜的老婆婆。记得第一次买野菜，我开玩笑说，现在哪有绿色食品，都是在农药里泡大的，谁知道是真野菜还是大棚里的。

老人家瞪大眼睛，看了我好一会儿，说：“好娃哩，抬头就是天，谁敢骗人？骗了你，你眼里能过去了，我自己心里还过不去哩。”

喜欢的，是那份深深的敬畏，和因为敬畏而不敢逾越某一个界限的做事态度。

觉得自己真幸运，心里时时有喜欢。也正是这些小喜欢，温润着我的心，向着明亮的一面，追逐着阳光。

二月茵陈最为鲜

▶ 文 / 程广海

我有一切应该幸福的条件，而且不管我的精神如何苦恼，我想我应该一直是幸福的，只要我始终能把内心洋溢的欣悦传达给别人。

——罗曼·罗兰

在我们北方的农村，乡下田间的野菜有许多种，与荠菜差不多一起发芽、生长的要数茵陈了。只是人们热衷于荠菜的香气和美名，很少有人注意到茵陈，不知道这种匍匐在地面毫不起眼的植物，不仅是味道不错的野菜，还是一味很好的中药呢。

茵陈，别名白蒿、牛至、田耐里、因尘、马先、绵茵陈、绒蒿、细叶青蒿、安吕草等等。属于管状花目、菊科、牛至属植物蒿，历经寒冬不死，春天则因陈根而发芽，故名因陈或茵陈。到夏季其茵陈苗则变为蒿，故亦称茵陈蒿。常见的蒿类大约有五种，除了茵陈，还有青蒿、白蒿、蒌蒿和牧蒿。其中，茵陈、青蒿和牧蒿在邻国和相邻的地区也是常见的蒿草。中国民间现尚有以米粉作茵陈糕、团的习惯。茵陈作菜，要采嫩苗，老的药用是茵陈蒿。

每年开春时节，我就跟着母亲到田野里踏青、挖野菜，记得母亲挖的最多的就是茵陈了。母亲边挖边说："二月茵陈三月蒿，四月五月当柴烧。"

这是流传在我们鲁西南地区的一个民谚，这说明在北方采摘茵陈药用或食用的最佳季节是农历二月，三月就次之了，到了四五月间，茵陈就只能作柴烧了。

茵陈幼苗多为蜷缩团状，全株密被白毛、灰绿色，绵软如绒，起初，叶子细如针，似刚生长出的松针，颜色微微青白。到茵陈的茎长到 7 ~ 10cm 时，其根部较粗，完整的叶多具柄，与细茎相连，叶片分裂成丝状。叶多裂成丝状，绵软如茸。与我们当地的猪毛菜极为相似，不经常挖野菜的人，不容易分辨出来。

茵陈在我国南北各地分布普遍，开春即可见到。有关其食用、药用早有记载。中药诗"茵陈"写道：

"旧苗发出更新鲜，黄疸茵陈主用专。
散配五苓功不小，叶寻八角力方全。
伤寒可令阴黄退，犯火难教湿热损。
曾见淮扬二月二，采将作饼俗相传。"

这里不仅介绍了茵陈的药性，还道出淮扬人在二月二用茵陈做面饼吃的一种美食。

采摘回来的茵陈幼苗的颜色呈灰白色，全株幼嫩、绵软，有浓郁的香气，其嫩芽或凉拌、或清炒、或炒鸡蛋，那味道清新可口。凉拌的吃法是：将茵陈放在沸水中煮 2-3 分钟后，捞出晾凉，拌上蒜泥，加入香油、精盐等调料，是为餐桌上的佳品。

还可以拌少许的面加上鸡蛋清蒸，蒸熟后，调好蒜泥蘸了吃，口感很好，绵绵的，味道清素淡雅，鲜美异常，还是专门治疗肝炎的一个秘方呢。

茵陈还可以熬粥，将茵陈洗净，放入锅中，加入约 200 毫升冷水，用中火烧沸，再用小火煎汁，滤渣留汁。粳米洗净泡好，放入洗净的锅内，注入约 800 毫升冷水烧沸，再改用小火煮至粥微稠。将茵陈汁加入锅中，再煮 20 分钟，粥将熟时，加白糖稍煮即可。

《神农本草经》将茵陈列为常服之品。其后世历代本草药用记载尤多，其作为入食的记载在古代《本草纲目》和其他古籍中也均有涉及。苏轼在《春菜》以诗中写道："宿酒初消春睡起，细履幽溪掇芳辣。茵陈甘菊不负渠，脍缕堆盘纤手抹。"则反映出古代美食家对茵陈的欣赏。宋人李杲所著《食物本草》中对茵陈评价道："茵陈蒿，处处有之，似蓬蒿而叶紧细，秋后茎枯，经冬不死，春又生。"

茵陈的药效非常广泛，不仅清热利湿、退黄，主治黄疸、小便不利、湿疮瘙痒等作用，还具有显著的保肝作用，对甲、乙型肝炎、黄疸型肝炎、有显著的疗效。

以茵陈、煎好的鲫鱼，用猛火煲一小时饮用，可有效的疏肝、清肝热，是广东人常用的一种食疗汤水。

我们当地人常把茵陈作为一种治病的茶水来喝，三月底的时候，鲜嫩的茵陈逐渐成熟，向白蒿阶段过渡。此时将采来的白蒿洗净晒干后，就可以喝了。白蒿当作茶叶保存即可。每天少许，加大枣两枚，泡茶服用，可增强人体免疫力，轻身益气、保肝利胆、抗衰防癌，实为难得的绿色保健食品。

紫藤饼

文 / 老海

人生的钟摆永远在两极中摇晃，幸福也是其中的一极；要使钟摆停止在它的一极上，只能把钟摆折断。

——罗曼·罗兰

在我们鲁南的农村老家，乡下田间的野菜有许多种。每年早春时节，从远处刮来一阵阵柔和的春风，在不经意之间，地上忽地冒出一朵朵、一簇簇嫩黄的小芽来，没几天，这些小芽被风儿轻轻一吹，就变成绿绿的小叶了。这些最先报春的野菜随着季节的不同先后是荠菜、二月兰、枸杞头、灰灰菜、苦苦菜、马蜂菜、苋菜等。我们北方人在经历了一个冬季的严寒，吃腻了大白菜后，看到这些可人的野菜，或凉拌、或清炒、或包饺子等变着法儿吃。那些野菜，一嗅，是田野的气息；一吃，是田野的味道，在这样的季节，几乎每家的餐桌上都会飘着清新的田野气息，野菜的独特味道！

这些只是地上的呢，还有、还有树上的更好吃呢。稍晚一些日子，一串一串的榆钱儿、胖嘟嘟的槐花就会登场了。与榆钱儿、槐花一齐盛开的就是紫藤萝了，等榆钱儿、槐花都被人摘干净了，紫藤萝躲在不易被人发觉的地方，紫藤萝花依然静悄悄地开着，没有人去摘。母亲说，邻居们都不知道紫藤萝是可以吃的呢，就是知道了，他们也不习惯去吃。

我猜想，可能母亲是小学老师的缘故，或许她比别人观察的更仔细一些，对一些乡邻们叫不上名字的野菜，她总是如数家珍，而且还以此能做出非常好吃的味道来。母亲所在的镇中心小学的校园里，就有十几棵紫藤萝，好多年了，老师们都不去摘，只有母亲一个人独享这大自然带给我们的美味。

紫藤，别名藤萝、朱藤、黄环。属豆科、紫藤属，一种落叶攀缘缠绕性大藤本植物。紫藤干皮深灰色，不裂；春季开花，青紫色蝶形花冠，花紫色或深紫色，十分美丽。紫藤为暖带及温带植物，对生长环境的适应性强。在我国，紫藤主要以河北、河南、山西、山东最为常见。华东、华中、华南、西北和西南地区均有栽培。中国南至广东，普遍栽培于庭园，以供观赏。民间吃紫藤花，多是把紫色花朵摘下来水焯或凉拌、或者裹面油炸，制作“紫萝饼”“紫萝糕”等风味面食。把紫藤花当做下酒菜，这可是与彼时的餐饮习俗相互契合的。金朝学者冯延登称赞，在斋宴之中，紫藤花堪比素八珍的美味——食用紫藤花的风俗绵延传承至今。

李白在《紫藤树》一诗中：“紫藤挂云木，花蔓宜阳春。密叶隐歌鸟，香风留美人。”忘情地赞美紫藤花，枝头挂满大串大串的花朵，野逸、火爆、疯狂，如此张扬的美丽恐怕只有李白那支挥洒自如的生花妙笔才能写意它的神韵，“紫藤挂云木”，串串紫花不仅是大地上开出的美丽花朵，那更是紫藤遒劲的藤蔓挽留的云霞呵！

总能记起母亲领我摘紫藤花的情景。母亲叫父亲找了一根长长的细竹竿，上面绑了一个铁丝钩，母亲负责把那些含苞欲放的一串串的花蕾勾下来，我则跟在母亲后面捡。反正这些紫藤花别人也不会与我们争抢的，母亲显得悠闲从容，专拣合适的勾下来，留着那些小的长几天再摘。母亲告诉我，摘这些花，要找合适的，还没有生长成个头的花不可去摘，它们也是一个生命呢，过早的去摘，可惜了呢，糟蹋了呢。

曾经在美食专家王敦煌先生的一篇文章里读到关于紫藤饼的做法，那是北京的一些老糕点店铺比较传统的工艺。做藤萝饼，用紫藤花拌以白糖、猪油调制成馅，刚烘制出来的饼，吃一口焦嫩酥皮，弥漫着紫藤萝花的清香。

母亲做紫藤饼，纯粹就是乡野民间最朴素、最简单的吃法。我们把摘下来的紫藤花拿回家，母亲把那些花蕾轻轻提起来，把花朵一揪，花儿就从花蒂上掉下来。然后，母亲叫我端来清水，把摘下来的花朵泡在清水里浸上十多分钟，轻轻捞上来，找干净的箩筐晾晒上。

等把花朵上的水晾干净后，母亲把面也和好了。不需要其他的任何佐料，只是把所有晾晒的花朵撒一遍细盐就可以了，等花朵焉了，拌在和好的面中。母亲用手轻轻地把掺有紫藤花的面拍成圆饼，放在事先准备好的篦子上，然后就开始烧锅蒸制了。

大约半小时后，暄软的藤萝饼就出锅了，等掀开锅盖的那一刻，氤氲的热气飘漾着藤萝花的香味。那野味、那清香的气息，真是妙不可言，让人难忘。

可惜的是，后来学校进行改造，翻盖新的教学楼，把那十几棵紫藤萝也铲掉了。此后，再也没有机会吃到母亲做的藤萝饼。那一串串飘香的紫藤萝，只好永远留在回味之中了。

土豆花开

▶ 文 / 程多多

昨夜的暴风雨用金色的和平为今晨加冕。

——泰戈尔

土豆花开了。

土豆开花的时候，它不像榆树结榆钱、槐花怒放那样一串串、一簇簇的那么壮观，那么令人心动；亦没有榆钱清香的味道，更没有槐花那浓烈的槐香。土豆开花是悄无声息地，在不被人注目的某一个平淡的日子。早晨起来，一个老农着急要到他自家地里看一下庄稼或蔬菜的长势，在一垄垄、一畦畦墨绿色的土豆之间，忽然就发现如指甲盖般大小的土豆花羞怯地开了！看起来有些娇小的白白的花瓣中间有一点黄色的花蕊，煞是好看。如果有好奇的人跑过去闻闻土豆花的味道，便会有一丝丝清甜的气息沁入心扉。

老农坐在了地头，高兴地点着一颗烟，这是他对庄稼喜爱的一种表达方式。看着自家的土豆开花了，他知道，过不了多长时间，就该到土豆收获的季节了！

这正是农历五月的日子，一切的花草树木在山涧、沟壑、地头等，处处呈现着绿色的印痕和生机。一些树木的花，杏花、桃花、梨花、榆树、槐花的花期在盛装和惊叹声中，都已谢幕，随之而来的是即将开始的新一轮蔬菜的花期。在我们鲁西南，较早的除荠菜外，蔬菜家族里，与黄瓜花、辣椒花、茄子花、丝瓜花、南瓜花等相比，土豆开花应该是比较早些的了。

第一次看到土豆开花是1981年。在初夏的一个周日，班主任带领同学们给学校的菜地浇水。一个眼尖的女生忽地喊起来："快看，快看！这是什么花啊？"

同学们呼啦啦围过去，"不就是地蛋花吗？有什么大惊小怪的？"

此后，我便知道了，土豆也会开花。

上世纪80年代初期，我们大部分住校生家庭不太富裕，吃的是咸菜煎饼，所以同学们在晚上熄灯后谈论最多的就是什么时候刨土豆。因为收获土豆后，交给学校食堂，我们就可以得到一份免费的土豆美食了！

终于有一天，到了土豆收获的日子。当天晚饭时，同学们都吃到了青椒土豆丝！新鲜的有些金黄的土豆丝，配着细细的青椒和炒的有些焦黄的大葱丝，是我中学住校期间吃到的最有味道的一顿美食！

第一次在故乡看到土豆开花，第一次在故乡品尝到土豆美食，此后的岁月中，故乡便在我心中留下几多温馨的记忆和留恋。

因为对土豆有一种特别的情感，参加工作后才有详细的了解。土豆原产于南美洲的秘鲁和玻利维亚的安第斯山区，1650年明末清初传入中国。乾隆年间有吃"洋薯"的记载，北方人因其长在泥地里，称为"土豆"、山药蛋、地蛋，南方人则称为马铃薯。北方人大多是清炒和炖为主，青椒炒土豆丝、土豆炖牛肉是北方最典型的吃法。

现在，随着生活水平的提高，除土豆传统的做法外，炸土豆条、色拉土豆泥、土豆饼、蛋黄土豆泥沙拉、椒盐小土豆、土豆丝饼等西式做法，让更多的人一饱土豆的口福。

土豆不仅有丰富的营养价值，还有较高的药用价值。从营养来说，其含有的蛋白质比大豆要多，接近动物蛋白。此外还含有较多的钙、镁、锌、钾、铁。土豆对胃有调和、健脾的作用，治疗胃溃疡和便秘有很好的功效。其含有的钾对脑血管破裂有较好的预防效果。

人到中年，我走过许多地方，品尝到许多美食，总觉得没有家乡的炒土豆丝的味道那么纯、那么香！其实，算作乡愁也罢、怀旧也罢，故乡，留给我的是更多温馨的记忆和怀念！

哦！那既不惊艳亦没有盛装的土豆花，是那么朴实无华。是的，它会永远飘曳在我这个游子的心里，开放在故乡丰饶的大地上，是那么美丽、芬芳，是那故乡一道最美的风景！

戒茶

文/余显斌

有许多东西，只要我们对它们陷入盲目性，缺乏自觉性，就可能成为我们的包袱，成为我们的负担。

——毛泽东

饮茶，是有品位的：下品讲水质，上品讲心境。

水质中，泉水第一，井水其次，自来水最次。

这些，是陆仪说的。听听，蛮是那么回事的。

泡茶的水，应用炉子煮最好。一壶泉水，一个火炉，一把破蒲扇。不说喝，单是往那儿一坐，就是隐士中人。

但，煮水火候要掌握好。文火用不得，武火用不得。用文火，水沸较慢，水味含铁，泡茶时易坏了茶味。用武火，水沸过度，泡茶时易烫伤茶叶，败了茶色。

陆仪说完，抿一口茶，不喝，在嘴中轻轻一转，咽下，一脸高古像，

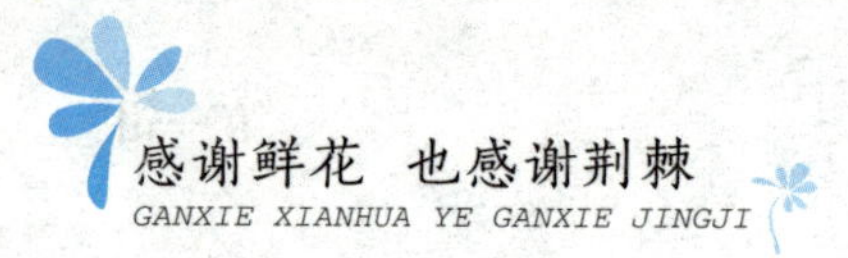

让我怀疑茶圣陆羽就是这个样子。

因为这，我称他“小茶圣”。他很不高兴，说茶圣就茶圣，咋还小茶圣。

陆仪是我的室友。刚刚参加工作时，我们俩分在一个单位，房子紧张，领导让挤在一室。搬到同一个房间时，我们相顾大笑，原来，我们都是一条被子，几本书，寒酸得可怜，但却都有一套讲究的茶具。一谈之下，原来都是茶道中人。因此，我们把自己的小房命名为“双茶庐”，很优雅的名字。

以后，每日工作结束，我们就对坐饮茶，大谈茶道。陆仪谈起茶，头头是道，还暗自告诉我，茶是他家事，他研究过，自己是陆羽的嫡系后代。说时，一脸得意，一脸阳光，让我很妒嫉。

陆仪泡茶，用一只口杯，捏半把茶叶，放猪饲料一样。

最让人过意不去的是那只口杯，茶垢之厚，让人惨不忍睹。

一日泡茶，我看着自己刚洗的瓷杯，又看看他的口杯，讥笑道，陆仪，口杯要洗洗了。

他看看自己的口杯，又看看我洁净的瓷杯，有点不好意思，但迅即消失，既而得意地哈哈大笑，说，小子，这是茶功，懂吗？

一句话，让我哑口无言。

日子，就这样如杯中的茶水，由绿变黄，由黄变白。

期间，我辗转各校，依然白衣一个。上课教书，下课饮茶，闲时写写文章。

陆仪那小子，自从走出“双茶庐”，一路春风得意，先是教导主任，既而校长，不久当了教育局局长。

当了局长，茶瘾没断，回回检查工作下来，往往少不了要到我这儿喝茶。而且，知道我家有茶园，走时，一定要搜刮一点好茶，喜滋滋地，顺便挂句嘴，什么时候到我那儿去啊，去喝茶。

我说一定的，看看别人给领导贿赂了些什么好茶。

说归说，去的次数很少。一次，因小事路过，打个电话，他接了，力邀我去，说有好茶啊，不来可惜了。

我听了，鼻端无故地茶香缭绕，高高兴兴地去了。办公室里，不仅有他，还有一人。

见了我，他很高兴，让座，拿来杯子，一人一杯白开水。

我说，你不是让品茶吗，咋喝白开水？

他淡淡一笑，说，不品了，我早戒了。

我心说，你不久还在我那搜刮一包茶叶，什么时候戒了。可话到嘴边，看他一副正经样，又咽了回去。

哎——，官做大了，摆谱了。我想。

一杯水罢，那人起身欲走。他一把拉住，把椅上的一个包塞在那人手里。

那人说局长你收下吧，听说你爱喝茶，我特意送一点好茶，毛尖。

他笑了，说，你看，我已戒茶了，老朋友来，都陪着喝白开水，要茶没用啦。

那人看他态度很坚决，笑笑，尴尬地走了。

那人走后，我也站起来，说，局长，水也喝了，我该走了。

他拉住我，大笑，说，咋？叫你品茶，就一定有好茶等你。没品就走，你要后悔死的。说完，打开柜子，拿出一包，打开，青青的，一股醇香悠然而来，让人唾液满嘴。

这是地道的铁观音，稀罕物。妻子前几天在外面捎回来的。他说。

我诧异，你不是戒茶了吗？

他狡猾地一眨眼，说，在别人面前戒茶，在你小子面前，我依然是“小茶圣”。

一句话，说得我恍然大悟。

那天泡的茶，我俩喝得涓滴不剩。走时，他又送了我一包。可是，回来后，我怎么也没有喝出那天的味儿。

事后，我想，那天，我们不是品茶，而是在品一种心境，一种风清月白、冰雪梅花般高洁的饮茶境界吧。

那么，我们可真算是茶圣了，尤其他。我想。

月到中秋

▶ 文 / 余显斌

如果没有乌云，我们就感受不到太阳的温暖。

——约翰

时间已老，中秋已老，可思念不会老去。

走在异地，时时，我会回望故土，回望天尽头那一方土地，回望暮霭下的炊烟，回望我童年的记忆。这时，中秋依然，明月依然。

娘，依然在月光下留守着故园。

那时，小村该多寂静啊。

那时，小村又多热闹啊。

月亮，从东山顶上慢慢升起来，将一片片白净的光泼洒在山顶，泼洒在哗哗流动的河面上，泼洒在村庄上。月光照到的地方，一片白亮，纤毫毕现。月光没照见的地方，就有点阴暗。而笑声、闹声，在有月光和没月光的地方响起。

而香味，在有月光和没月光的地方淡淡浮荡。

小村，荡漾着一片温馨。

童年的小村庄，一般不卖月饼，是自己做的：将芝麻炒熟，和白糖一起，放在盆里捣碎，做成馅儿，包在包子里。然后，将包子压平，在锅中加油烤熟，就成了。

这月饼又香又甜，还烫。

每到中秋，我们知道有月饼吃，都很高兴，就在院子中打闹着，嬉笑着。可是，我们又时刻仄着耳朵注意着，听到娘喊一声："吃月饼了！"我们一声喊叫，吱溜一声分散着跑了。

当然，也有其他玩伴想吃我家的月饼，我双腿叉开挡着门，坚决不让。娘见了，会拉开我，把那孩子拉进来，塞上两个月饼，拍着他的头笑笑，让他走了。

多年后，长大了，我走遍各地，吃遍了各种月饼，可没有一种比娘做的好吃。

那月亮也没有童年的大，也没童年的圆和亮。

童年的那轮月亮，一直挂在天上。

我打闹时，它在空中朗朗地照着；我吃月饼，它在门外白亮亮地照着；我吃完跑出来，它依然在空中洁净地照着。只不过，它这时更圆了，更亮了，已经不再在东山顶上了，而是在二叔家的椿树枝桠上了。

它仿佛被树枝挂着了，一动不动。

娘洗了碗，收拾妥当一切，搬着一张椅子坐在院子中，坐在明月光中。

我靠在娘怀中。

娘教我："月亮走，我也走，一直走到家门口，捡根猪尾巴，给我娃儿做头发。”娘说着，还伸手在地上一捞，好像真捞到了一条猪尾巴，在我头上按了一下道，“按上了按上了。”

我知道娘逗我，就嘎嘎嘎地笑了。

娘拍着我的头，也呵呵地笑了。

小村静静的，夜已经深了。远处的山，近处的水，还有房子，还有树木，都被如水的月光照着。月光下有虫鸣，一声一声地响起，在台阶下，在草丛里，在远处的沟沿里，露珠一样零落。

娘说，月亮中有一个女孩，名叫嫦娥。

我抬起头瞪大眼望着，可就是看不见。我问娘在哪儿啊，娘指着月亮里的黑影说那就是的。我使劲看，可还是看不见，但我仍相信有，因为这是娘说的啊，娘说有就一定有。我问娘，夜深了，她咋不回家啊。

娘说，她走远了，忘了回家的路。

我心中有一点小小的忧伤，为月亮中的那个女孩。一个寻不到回家路的人，是多么可怜，多么孤独啊。她不想家吗，她不想娘吗？一直到今天，月到中秋，望着那轮圆月的时候，我的心中仍有着一点淡淡的忧伤，为月中的那个女孩，虽然我知道，那只不过是娘的一个故事而已。

后来，我也渐行渐远，离开了故乡，离开了娘。

可是，我始终没有迷路，因为，我有娘在，有中秋在，有故土在，即使远行千里万里，也能找到回家的方向。

故土的音乐

▶ 文 / 老海

音乐，是人生最大的快乐；音乐，是生活中的一股清流；首先，是陶冶性情的熔炉。

——冼星海

那些远离城市的声音在我心中已回荡很久很久了。其实，那种荡气回肠的声音从我离开故乡的那天起，就从没有停止过我对它们强烈的渴求。那些如痴如醉饱含激情的声音，在生命的苦难和喜悦中被农民们孜孜不倦地一脉相传下来。这种声音很难听到了，不知道这些声音被现代文明所抛弃，还是它蓬勃的生命力原本就只在它赖以生存的根源上。我曾想：那些饱含激昂旋律的声音会不会有衰竭的一天呢？其实担忧是多余的。你想一想吧，那些坦坦荡荡的大平原上生生死死春风吹生的生灵及生活劳作在村庄和土地上的人们，他们就像阡陌交错的乡间土路，早已把生命溶入了土地深处，这些不息的生命的存在，注定了那声音会永远飘荡并固守在故乡的家园。

那些听起来足以让人落泪的声音，作为一种民间艺术及它所富有的一种精神，被它的传人们以一种惊人的耐力继承下来，民间艺人这个名词所包含的一切就意味着他们所承载的苦难和欢乐。

他们并不是民间艺术的全部，但他们却是真正的纯粹的民间艺人。

考古的发掘证明了殷墟的埙、革鼓和铜铙，它们是商代最初的乐器。隋唐中期，生产力的发展和经济的繁荣使中原的乐器也大大增多，从而使宫廷音乐逐渐传入民间。于是，当初作为无意间接纳这种音乐的人们，无论如何也不会想到音乐所赋予他们及后人的某些深刻的东西，使生命的定义又有了另一种诠释。

就这样渊源流传下来，穿越历史和空间，山川和河流，故土和家园，以一种不可遏制的激情走向人们所渴求的心灵，成为他们精神的寄托和依恋。

流行歌手一词的频频出现，始于当代的流行乐坛，它除去那些令人作呕的矫态和歇斯底里的呐喊之外，还留给人们一种浮躁的感觉，远不能和民间艺人或民间歌者所承受的那种重担相比。北方荒凉的黄土高坡和辽阔的草原及粗犷奔涌的河流造就了那么一茬茬人，他们的出现，如广袤的沙漠出现的那一片绿洲，使生命的底蕴彻底的得以张扬。

到乡间走走，站在山峦的高处或山底的小河边，或走在碧绿的乡间林荫路上，或穿越正在扬花的麦地，你只要仔细的聆听，故土的音乐无处不在。你还会发现，那个饱含忧郁目光和布满皱纹的老者，他是以一种怎样的表情或弹或唱着那些或典雅或庸俗的音乐。这种场景，在集市上或农村的闲余时间里都能看到。一年的收成在手，该喜的喜了，该忧的忧了，但还有一些蛰伏于心中不曾告人的心事，全都寄托在这里面了。

老人们去世，孩子们结婚，绝不会少了这些民间艺人。我无法抗拒那些声音曾对我产生的强烈诱惑，试图极力走入并想领略那里面所独有的韵致。但祖父说，孩子，这需要一生的时间和精力去体会回味，你长期生活在城市，是难以领悟到它们的博大和精深。我想，这些民间艺人在帮别人做丧事和喜事的时候，里面究竟有多少自己的人生体会呢?

二胡、渔鼓、笙、架子鼓、扬琴、琵琶，是一个生长在古典音乐中的意象，一幅刻在青铜器上的雕塑，一曲飘荡在故园上空的绝响。

乐观是一种能力

文 / 李耿源

凡事总要有信心，老想着“行”。要是做一件事，先就担心着“怕咱不行吧”，那你就没有勇气了。

——盖叫天

以前的同事小吴，最近老打电话向我诉苦，说我从原来单位跳槽后，科室的重活累活都得他干，科长还成天挑他的毛病。“我实在受够科长了，我一年到头累死累活，他只会在那指手画脚，今年单位先进评的竟然是他而不是我，他什么地方都跟我作对，肯定是他在背后搞鬼。你说，我哪点不如他？”

小吴越说火气越大，我赶忙给他降温：“其实，这种人际关系上的问题，在每个单位都有，关键是你怎么看待。我倒认为科长为人不错，人家过两年就退休了，没必要压制你；能当面指出你的缺点，说明他心里并不坏；重活累活都由你干，我倒认为这是科长在给你压担子，他一定认为科里这几号人只有你做事才能让他放心；至于先进，人家三十多年老革命了，经验丰富，领导还经常问计于他，评给他并非没有道理！”

小吴听后，似乎火气降了不少，但随即又问：“那当初你为什么跳槽？难道不是被他气走的吗？”

我呵呵一笑说：“我刚到单位时，科长也是处处找我茬子。但我并没有与他敌对，我想，每个人都有他的长处，他当了那么多年科长，肯定有他的优点。科长的优点是办事一丝不苟，要求严格，人事老到。我就认真做好每件事，少出差错。后来他表扬我的次数就多过批评的次数了。大家认为我是被他气走的，其实不是，但却是被他赶走的。他说我这人比较理想主义，对人对事都想得过于完美，认为我不适合在机关里干。我觉得他说的话是对的，就离开了。”

过了一段时间，小吴打来电话：“最近我把科长当成伯父一样对待，把他的要求当成是给我压担子，认真做好每件事。今天没想到他在领导面前夸我是科里最能干的年轻人。私下还对我说，准备推荐我当副科长。现在我觉得他是个大好人。”

人还是那人，事还是那事，前后为何有如此差别？我想，这就是乐观处世所起的作用吧！

是的，其实不只是在职场，世间的任何事情，都如一枚硬币，有其正反两面。乐观的人，看到的是事情的正面；悲观的人，总是看到事情的负面。你，可以是烦恼本身，也可以是解决问题的钥匙。如果能正面地乐观地看待问题，积极地去处理问题，于人于己皆有利，人际关系便能得以改善，你在职场定能得到更好的发展。

所以，乐观是一种能力。多一份能力，自然离成功更近一步。

把你当朋友

▶ 文 / 李耿源

遵守诺言就象保卫你的荣誉一样。

——巴尔扎克

“外面的世界很精彩，外面的世界很无奈；东筹西借买摩托，三两元，进口袋，一家才有饭和菜；风里去，雨里来，我是城市的摩的仔。”

几句顺口溜，道出了摩托车拉客者的辛酸。但这样靠自己的双手和辛劳挣饭吃，却也让人钦佩。我就认识这样一位摩的仔。

单位和家之间的路途有点远，又不在公交线路上，遇上紧急的事，我常打摩的。一次，是上班要迟到了，坐摩的到单位，一摸口袋，才知没带钱包。这位摩的仔并不急，而是爽快地说：“没事，明天再给我，你不认识我，我还认识你呢！”听他就这样化解了我的尴尬，心头不由一热。

第二天早晨，一出小区路口，我就认出了他，他还在老位置上停泊。我对他一笑，他原本微笑的脸就笑得更灿烂了。我让他载我到单位，两次车费付后，看时间还早，便和他攀谈起来。他说，前几年下岗，老婆在一家超市当营业员，一个月就500多块，有个女儿在读四年级，如果他不出来载客，生活就没法维持。

后来，每次打摩的，只要看到他，我都会找他。那次，单位发福利分了一箱橙子，我要在单位值班，就让他帮我把橙子载回去。第二天回家，妻子说那摩托车拉客的根本没有把橙子送来。接连两天，在单位门口和小区路口都找不到他的影子。我心里有点儿难受，不是少吃了几个橙子，而是轻易地相信了他。

然而，我错了。第四天傍晚，我下班走出单位门口，那位摩的仔远远地飞车而来，车上有一箱橙子。他在我面前很急地刹车，脸有点泛红，很不自然的样子。原来，那天他拉着我的橙子，路上被一辆酒后驾驶的皮卡车撞了，摩托车坏了，人受了点轻伤，橙子滚了一地。他找对方索赔，又去修摩托车。那橙子丢了半箱，他又到水果批发市场买了半箱填了进去。他打开箱子，拿起一个橙子，对我说："你看，和你的橙子是不是一个品种，如果不是，该赔多少钱，我赔给你。"

我把那个橙子放进箱子里，捆好绳子，说："如果你瞧得起我，我们做个朋友吧，这几个橙子拿去给孩子吃。"我要了他的手机号码，便快步走了。我害怕他拒绝，不是拒绝我的橙子，而是拒绝和我做朋友。

今年春节，没到过我家的表妹从厦门来看我，我刚好在外地不能到车站接她。我想到了他，给他打了电话。然后打电话告诉表妹，表妹开始不愿意，因为前些天新闻报道说，广州深圳连续发生了几起摩托车拉客仔抢劫强奸女乘客的案子。我直接告诉表妹，他是我朋友。

回到家，表妹说，你那位朋友还真够哥们儿，载我回来，帮我拿行李上楼，还不收钱。

我忙给他打电话，他说："我现在给纯净水公司送水，虽然更辛苦了，但晚上就可以在家陪孩子读书。我不载客了，怎么还能收车费呢？其实，最主要的，是你信任了我，把我当朋友看，我很感激。我相信以后生活会更好的……"

以诚为友，以信为友，我很高兴自己结交了这样一个诚实、守信和正直的朋友。

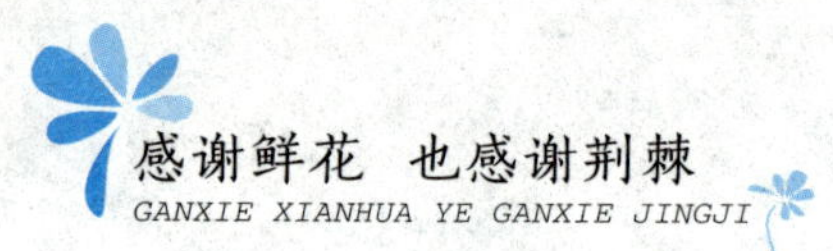

秘 方

▶ 文 / 李耿源

大人格的素质，重要的是一个诚字。

——鲁迅

三叔在美食街开了家叫“三叔饭庄”的餐馆。十几年来，美食街的餐馆开开倒倒，没有一家能如三叔饭庄火爆经营到现在。

三叔饭庄生意火爆的原因大家都知道，他有一道招牌菜——红烧猪脚。这道猪脚来客必点，味道特别，吃过的人都说吃了还想吃。所谓“一招鲜吃遍天”，三叔就靠这道菜成了美食街的不倒翁。

三叔烹调这道红烧猪脚有秘方，这秘方只有三叔知道。有人听三叔饭庄里的店员说，早上来上班时，猪脚已在大铁锅里煮着，一起煮的还有一袋用纱布包着的调料，估计是桂皮、八角、当归之类的。据说这些调料从云南某地购买，卖家每月给三叔寄一次包裹，每次三叔都要自己去邮局领。至于三叔如何配制这些调料，店员一概不知。因为三叔每回都要亲自从锅里捞起纱布包，然后处理掉。

说到秘方的神秘，还有一个未经三叔证实的传说。说有其他餐馆的老板让一位远房亲戚受雇到三叔饭庄当洗碗工，但潜伏了三个月，也没获取到三叔往猪脚里下调料的秘方。

有一天，三叔的小儿子，也就是我最小的堂弟打电话给我，问我认不认识工商局或技术监督局的人，说是有人举报三叔在红烧猪脚里放了罂粟壳，让吃的人中毒上瘾，越吃越爱吃。我说就算有认识的人，如果店里真涉毒，说啥也没用。后来小堂弟说，是工商局去查的，将三叔的红烧猪脚拿去化验，结果未发现任何违禁的东西。

消息传开，三叔饭庄的生意更火了。

前段时间，三叔因中风腿脚不灵便，让小堂弟打理三叔饭庄。自然，三叔将秘方也传给了堂弟。我到饭庄吃饭，猪脚还是那么香。我缠着堂弟，非得要他告诉我秘方不可。

“没有秘方！”堂弟说。

“不可能！如果没秘方，那所有餐馆都可以做这道菜了。”

“真的没有秘方，我爸一直是挑选本地养的土猪前腿，毛剃净，剁块，炒至焦黄，然后下上好的酱油焖煮到熟烂，其他什么调料也没放！”

堂弟还说，至于纱布包里的东西，不过是些碎骨头碎肉，三叔煮来自己下酒用的。

“那为什么三叔要故弄玄虚？还从云南买香料？”我仍将信将疑。

“那是因为大家宁愿相信有秘方，也不相信我们的菜品是真材实料的。如果硬要说有秘方，那就是我爸一直选用好原料，诚信经营，这也是饭庄一直生意好的原因。”

我恍然大悟，原来真正的秘方，是没有秘方！

静置的奥秘

▶ 文 / 阿源

任何科学上的雏形，都有它双重的形象：胚胎时的丑恶，萌芽时的美丽。

——雨果

去冶炼厂采访，了解到铝合金熔炼过程中有一道静置程序，要将熔浆放在静置炉里等待一段时间，使材料精炼净化，从而生产出更高档次的产品。

这让我想到烹饪上也有许多环节是需要静置的。

譬如蒸蛋羹。在蛋液中加适量盐和温开水搅匀，静置十余分钟再蒸，这样蒸出的蛋羹软如凝脂，细滑爽嫩。

譬如，拍好的蒜末。蒜拍烂，静置10分钟，再下入欲起锅的炒青菜中，蒜香才更浓。

手工面、葱油饼、水饺、馒头等要用面粉制作的食品，和面成团后，都是要醒面的。醒面就是静置。静置是为了让面发酵，让面筋更有韧性，这样做出的面食才更软嫩、筋道。

肉食大多也是要静置的，为的是给肉食腌制入味的时间。对片好的鲜鱼片加调料、蛋清或生粉搅匀后，静置10分钟再入沸腾的鱼汤里煮开，鱼肉异常鲜嫩，滑而不糜，这是水煮活鱼的鲜美之道。用炒香的米粉拌五花肉，静置20分钟再蒸，软糯且不腻，这是美味的粉蒸肉。宫保鸡丁也一样，鸡胸脯肉用刀背拍松，切成丁，加调料，用湿淀粉拌匀，静置5分钟后再入油锅爆炒，原本柴涩的鸡肉便爽嫩无比。

前段时间，我买散装燕麦片来当早餐，得先烧油锅，然后加入鲜肉、鸡蛋、蔬菜或泡发后的海鲜干品与燕麦加水煮。本想弄这早餐会便捷些，却是这般麻烦，而且入口不爽，燕麦嚼起来有点涩。后来改为免煮的燕麦，冲入开水即食，倒是方便快捷多了，可吃起来淡而无味，还会黏牙齿。有天早晨，冲了燕麦后，给自己煎了个荷包蛋，然后再往燕麦里加入一匙炼乳。奇迹出现了，那燕麦的麦香与乳香扑鼻，燕麦柔软爽滑，入口即化，好吃。

原来是在我煎蛋时，静置的燕麦发生了神奇的变化。

食物的静置，是为了充分地发酵、渗透与融合，从而提升美味。

静置就是等待，是积蓄能量，是在爆发前的暂时冷却、酝酿与韬光养晦。犹如人生，犹如爱情，犹如事业，如果你屡战屡败，那可能是你操之过急了。不如给自己足够的静置与准备的时间，然后再去烹饪一道属于自己的人生美味！

一只拟人化的狗

▶ 文 / 孙道荣

如果我们了解狗真正的本性，并且知道如何鼓励它们，我们就能成为更好的主人。

——依莉莎白汤玛斯

真没有想到，父母竟然养了一只狗，而且已经养了快一年了。

母亲特别怕狗。记得以前在小区散步，远远地看见一只狗，哪怕是再小的一只狗，母亲都会闪到一边。父亲倒是不害怕，但他小时候在农村被一只恶狗咬伤过，自此对狗没了好感。

他们怎么可能会养起狗来了呢？

家门打开了，一只狗先伸出了脑袋。虽然母亲电话里已经告诉了我，我也做好了心理准备，但还是吓了一大跳，因为站在我面前的，是一只伸着长舌头，哼哧哼哧喘着粗气的大狼狗！母亲安慰我，别害怕，“花花”不像个卫士，倒更像我们家的礼仪小姐。

“花花”是它的名字。果然，花花只是围着我嗅了嗅，就开始摇头摆尾了，仿佛很熟稔的样子。母亲说，它经常去你的房间，熟悉你的气味呢。

吃过晚饭，陪父母在客厅坐下来，闲聊。花花安静地卧在母亲脚边，不时用舌头舔舔母亲的脚背。

母亲说，花花很通人性呢。

过节的时候，你爸爸单位发了一箱子芒果。搬回来后，就放在门厅。每天，我和你爸各削一个芒果吃，芒果很甜，味道很好。但是，有天晚上，我准备削芒果时，你爸爸却说，他不要吃了，因为他白天刚在报纸上看到说，胃不好的人，不宜吃芒果。你爸还皱着眉头说，难怪这几天胃不太舒服，原来都是芒果吃出来的。

我就自己削了一个芒果。数了数，还剩下最后六个芒果。

你绝对不会想到，第二天早晨，我们起床后，惊讶地发现，剩下来的六个芒果，全被花花叼到了狗窝旁，一个一个全都咬烂了。花花不吃水果的，很显然，它是故意的。这么好的芒果啊，太可惜了。我很生气，可你爸爸却笑了，夸奖说花花真懂事，知道他不能吃芒果，所以才将芒果都咬烂的，要不然，怎么放在门厅一个多星期了，它都没咬，单单我们昨晚一说，它就将芒果全咬烂了呢?

母亲说，平常我对花花最好了，但它就是跟你爸亲，女儿都亲爸呢。花花是只母狗。看来，他们是把花花当女儿养了。

坐在一边的父亲插话说，我看花花还是跟你妈亲。说着，顺手拿起茶几上的电视遥控器说，这是我们家第五个遥控器了，原来的遥控器，被花花啃坏了。买回来一个新的，没到一个星期，又被它啃坏了。前后已经被它啃坏了四个遥控器了。

母亲接话说，那你知道花花为什么要咬遥控器吗？转身对我说，我有时不在家，让你爸管管花花，带它出去遛遛，可是，你爸却常常只顾自己看电视，完全把花花给忘掉了，花花只能可怜巴巴地趴在电视机前，你爸却盯着电视，看都不看它一眼。它一定是恨透了电视，所以，才把遥控器给啃坏的。

说着，母亲指指茶几，上面放了这么多东西，为什么它别的都不啃，却只啃遥控器呢？道理很简单，它恨它呗。

父亲摇着头说，其实花花就是个破坏分子，养它快一年了，咬坏了十几双鞋，啃坏了四个遥控器，还咬烂了我们六七副眼镜，有一次，甚至把我刚买回来的整条香烟都给撕烂了……

母亲说，花花喜欢撕咬你的香烟，那是它知道香烟有毒，是心疼你呢，我支持它。

就这样，父母亲你一言，我一语，讲的全都是花花的故事。花花真是恶行累累，比我小时候破坏性大多了，奇怪的是，他们说起这些时的语气，竟然没有丝毫的责备，反而充满了怜爱。好像他们谈论的，不是一条狗，而真的是他们的掌上明珠似的。

夜渐渐深了。

父母进了房间，关上门，花花温顺地趴在房间的门口。我也走进自己的房间，准备睡觉。被子很暖和，带着阳光的味道，一定是白天刚晒过。突然意识到，我已经一年多没有回过家，没有睡过这张床了。

床上留着我的气息，餐桌边有我的气息，家里的每一个角落都有我的气息，花花一定都嗅到了，它一定很奇怪，怎么一直只闻到气息，却没有见到我的身影呢？

我早该回来的，爸爸妈妈。

孩子，我在等你犯错

▶ 文 / 孙道荣

儿童学习任何事情的最合适的时机是当他们兴致高、心里想做的时候。

——洛克

我问儿子，今天偷看电视了吗？

暑假，白天都是儿子一个人在家，为了控制他看电视的时间，我们规定，不许白天看电视。儿子故作轻松地回答说，没有哇。

我盯着他，又严肃地问他：真的没看吗？你要诚实地回答我。

儿子低下了头，我错了，我看了一下午电视。

因为未经允许看电视，还撒谎，儿子理所当然地受到了惩罚。

接受完惩罚，儿子怯怯地问我，爸爸，你是怎么知道我偷看电视的？怎么每次我一犯错误，你就能抓住我，好像总是跟在我身边似的。

其实，下班一回到家，我就悄悄摸了下电视机，机身是热的。这个秘密，我当然不能告诉你。但是，孩子，有一点你说对了，每次你犯错误的时候，我都会恰好出现在你身边，就像猎人总是及时出现在猎物面前一样。没错，你所犯下的每一个错误，都是我的猎物。

你已经是个翩翩少年了。你知道吗，这十几年，你一直不断地犯着错误。

刚刚学会爬的时候，你对什么都充满了好奇，忍不住摸摸，玩玩。可是，这个世界并不是所有的东西都是你的玩具，有的会伤害你。你太小了，不能理解大人的话。唯一教会你认识危险的办法，就是让你犯个错，并因为这个错误而承受后果。我们一再告诉你，爸爸喝的热水杯是不能碰的，但你老是想拧开爸爸的杯子，有一天，我故意将杯子放在你能够得着的地方，你兴奋地用手去摸那只充满了诱惑的杯子，结果，你的粉嫩的小手被杯子很不客气地烫了一下，你痛得哇哇大哭。我一边抚慰你，一边告诉你，杯子里装着热水，会烫人的，不能随便碰。这个世界，有很多杯子一样的东西，我们需要它，但是，弄不好它也会伤害我们。我不知道我说的话你有没有明白，但此后很长时间，你都不再乱碰杯子，直到你学会先用手背去试探一下温度。

在你成长的过程中，几乎总是伴随着错误。学走路的时候，你看起来多么兴奋啊，在大人的帮扶下，你一刻都不肯停下脚步。当你跌跌撞撞地自己迈出人生第一步的时候，我和你妈妈的眼里都充满了激动的泪水。很快，你不满足于在家里的地板上走路了，你要到外面去走。我牵着你的手，和你一起来到了室外。灿烂的阳光，似乎专为了欢迎你。我悄悄松开了你的手，没走几步，你就被地上一块凸起的小砖头给绊到了。你哭了，我将你扶起来，指着那块小砖头，告诉你，走路时要避开它，你似懂非懂地点点头。孩子，其实，那块砖头我早看到了，我知道你不会注意到它，你刚学会走路，只会看天，不知道看路；我也料到你一定会被它绊倒，因为你还不会绕过它。即使不是这块砖头，也总有其他砖头，将你一次次绊倒，这一点也不奇怪。你被绊倒了，摔痛了，你就会从此记住，路上的石头是会绊脚的。明白这一点非常重要，一生当中，我们会遇到多少这样的石头啊。这一跤，你一定得摔，而且，天知道我们要摔多少跤，才会真正长大。

你终于可以自己满世界地跑了，再也不需要大人跟在你的身后了。孩子，你不知道，父母的视线，其实一刻都没有离开过你。还记得吗，有一年冬天，小区里的水池刚结了冰，你就尝试着想从冰上走。那么薄的冰，哪能承受得了你的体重呢？你的脚刚刚迈上去，冰就"喀嚓"一声碎裂了，你一脚踩进了刺骨的冰水里，吓得尖叫起来。我冲过去，一把将你拽了上来，抱回家中。事后，我记得你问过我，咋就那么神，你刚掉进水池里，我就像救星一样出现在了你的面前。孩子，你并不知道，看到你一脸好奇地走近水池边，我就一直在暗自注视着你，我知道你会不知深浅地在冰上走，而只要你踩在冰上，就一定会掉进水池里。我当然可以制止你，让你不要犯这个错误，但我没有。我不想阻止你的探险，人一定得有一点好奇心，要有一点探险精神。同时，说实话，我想看着你犯错，错误会让你吃苦头，长记性的。

孩子，你说得对，每次你犯错的时候，我都会及时发现，并出现在你的面前。因为我知道你会犯错误，而有的时候，我甚至有点迫不及待地等待着你犯错误。

有一天，你和几个小朋友在楼下玩，站在窗前，我看得十分清楚。看到你和小朋友们玩得这么融洽，我很开心。可是，突然，你和其中一个比你小的小朋友发生了矛盾，好像是为了一个玩具，最后，你竟然从他手上

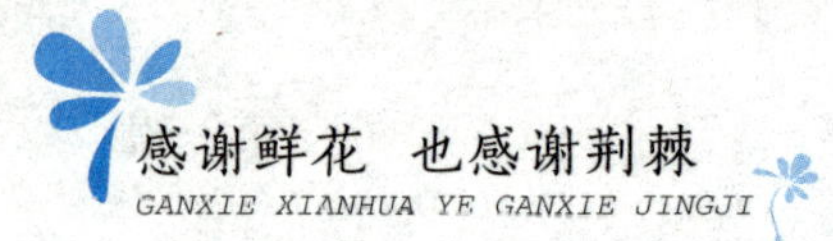

强行将玩具抢了过来。看到这一幕时，我简直不敢相信自己的眼睛，那是你吗？我的孩子，为了一个小玩具，你竟然学会了无耻地抢夺。我迅速冲下楼，严厉呵斥了你的行为，让你将玩具还给人家，并向他道歉。回家之后，你被罚跪在搓衣板上，面壁思过一个小时。你心甘情愿地接受了惩罚，因为你知道你错了。

我的孩子，我知道迟早有一天，你会犯这个错误，这一天，终于来了。虽然你从小就非常善良，通情达理，可是，面对比你弱小的人，面对诱惑，总有一天，说不定你也会恃强凌弱，甚至强取豪夺。今天，你终于犯下了这个错误，所幸的是，我及时发现，并制止了你的错误。我惩罚你，就是要你记住，欺凌、掠夺别人，是严重错误的，永远也不要再犯这样的错误。

人这一辈子，必然会犯各种各样的错误，犯错误，并不可怕，可怕的是犯了错却不自知，可怕的是一犯再犯，可怕的是明知故犯。你成长的过程，其实就是一部不断犯错，不断认错，不断纠错的过程。我在等你犯错，就是要抓住一切机会告诉你，那样做是错误的，那是你绝不能再犯的错误。

孩子，我无力为你指出人生中的每一个错误，但我希望，在你年少时，多犯几个错误，我们共同来面对它、纠正它、克服它，这样，当你长大成人，独立面对社会时，就会少犯几个错误，少跌几个跟头啊。

第二辑
Chapter Two
Weimei
Yuedu
唯美阅读

你的满足让我疼痛

▶ 文／孙道荣

> **做一个善良的人，为人类去谋幸福。**
>
> ——高尔基

多年来，她靠拾荒供养自己年已九旬的老母亲。住在破旧的、昏暗的、漏雨的小屋，吃着自己捡来的和别人送的食物，穿着从垃圾桶里捡的别人丢弃的旧衣服……72 岁的她一点也不觉着自己有多苦，面对闻讯而来的记者，她佝偻着腰，牙齿几乎掉光的嘴巴，笑起来很瘪，很甜，很满足的样子。

是什么让她满足？换句话说，已经困顿至此，还有什么值得她满足的？

她说，自己 3 岁时，父亲就去世了，本就贫困的家庭如雪上加霜，是老母亲四处讨饭，才艰难地将自己和弟弟拉扯大的。她说，过去，娘要饭养活了我，如今我怎能不养活母亲？靠拾荒，捡破烂，她养活了年逾花甲的自己，还养活了自己年迈的母亲。靠自己养活老娘，她感到很满足。

她住的棚屋，是在一条狭窄的胡同尽头，自己搭起来的，虽然又破又旧，钻风漏雨，但毕竟是自己和老母亲的一个窝。前不久，这一带要拆迁，她担心今后连住的窝都没有了。好在人家听说了她的情况后，同意暂时不拆了，她们还可以继续住在这里。她连声感谢。好歹还有一个立锥之地，她感到很满足。

每天，她都会帮老母亲烧一壶热水，泡泡脚，帮老人家捏捏麻木的脚板。煤球买不起，烧的是从附近的烧烤店讨来的碎煤屑。顺便还能取取暖。看着老母亲眯着眼睛很舒坦的样子，她感到很满足。

冬天来了，天气越来越冷了。每天晚上，她都会在老母亲之前上床，先进被窝，为的是先把被窝捂热。早上，她也会赖赖床，迟一点爬起来。她是怕自己起床早了，冷风钻进被窝，冻着了老母亲。外面北风呼啸，而自己可以赖在床上多陪一会儿老母亲，她感到很满足。

她的日常用品，基本上都是拾荒时捡的，看着还能用的，她就留了下来。她很少有钱买东西。没钱买新东西，但她有办法对付。白天，她要出去拾荒，只留下老母亲一个人守在窝棚里，怕老母亲受凉，而她又买不起热水袋，于是，她就自己发明了一种实用的热水袋。她用饮料瓶灌满热水，塞在老母亲的被窝里，这样，既可以暖脚，如果老母亲渴了，还可以从被窝里掏出饮料瓶喝点热水。为了自己的这个小发明，她感到很满足。

在她破旧的窝棚里，除了她和耳朵很背的老母亲，还有一个生命，一条她捡来的流浪狗。一次，她外出拾荒，在垃圾堆里看到了一只流浪狗，小狗的一只眼睛是瞎的。她觉得小狗很可怜，就把自己捡来的骨头扔给了它。就这样，流浪的残疾小狗跟着她，回到了窝棚。小狗每天跟在她的后面，她累了，它就在她的腿边蹭来蹭去，像个孩子。小狗很懂事，从来不挑食，只啃她捡回来的骨头。忠诚的小狗，给了她和老母亲无限的安慰，她感到很满足。

贫穷、疾病、孤寂，这就是她和老母亲艰难生活的全部。除了老母亲，她几乎一无所有，然而，她竟然很满足。她真的觉得很满足。老人的满足，让我疼痛。

我有个朋友，不久前去一个边远村落办事，村里的孩子好奇地围着他们。因为没有准备，他们没有带什么礼物，最后，几个人翻箱倒柜，只找出了几块饼干、方便面，还有一个人参加婚宴随手扔进包里的几袋喜糖，他们很难为情地将这些东西分给了孩子们。他们没有想到，孩子们分吃喜糖的时候，脸上流露出非常惊喜和满足的神情。孩子们说，他们很少能吃到糖，那种很少体味到的甜蜜感，让他们异常满足。朋友说，那一刻，孩子们的满足，让他的心无比疼痛。

对不起，我们忽略了你。我的寒风中佝偻着腰的老母亲，我的挂着鼻涕露着脚趾的孩子，你们困顿、窘迫、无助、坚强。你的满足，让我如此疼痛！

勇敢的心

文 / 张云广

我们的青年是一种正在不断成长，不断上升的气力，他们的使命是根据历史的逻辑来创造新的生活方式和生活条件。

——高尔基

老夫聊发少年狂。少年之狂源自一颗勇敢的心，一如鲁迅先生在散文《故乡》中的那位月夜刺猹的小英雄闰土，漫漫长夜，手捏一柄钢叉，独自看守着一片海边的瓜地。

少年时代的我没有看守过瓜地，更没有刺过猹，但这并不妨碍自己成为村里“英雄联盟”一名重要成员的事情。

麦收时节，屋后堆起了连绵的麦垛，正是少年进行“跳崖”科目训练的好地方。“三、二、一、起跳！”屈膝、抡臂、蹬腿、腾空、跳下。原本站在后房檐起跳台上的几个身影迅速掩埋在未经雨淋尚且疏松的麦垛里，又迅速探出头来如坐滑梯般滑向地面，站起身时衣领上还斜插着几根麦秸。

没有人犹豫，没有人彷徨，没有人止步不跳，因为没有人想戴上一顶叫做“胆小鬼”的帽子。少年勇字当头勇往直前，要想出来“混”得体面，就必须勇于秀出你的勇敢。

跳跃的次数多了，总能耍出一些新的花样来。阿祥的背朝麦垛倒翻式动作颇是炫酷，阿超的身体垂直钻地式动作颇有难度，阿月的抱腿上翻蛙跳式动作颇为滑稽，而阿祥的“屁股向后平沙落雁式”总会引发大家的一阵畅笑。当然，几个人肩并肩、手牵手集体“跳崖”则最具观赏性和震撼力，常有行人特意为此而驻足。

几场大雨过后，麦垛坍塌，就不是“跳崖”的好地方了。越来越多的麦秸便进入了灶膛，冒出了炊烟，煮出了饭香。房屋后面再度热闹起来还需等到秋收时节，那时，房后堆起来的是成捆的玉米秸秆。

把最结实的秸秆抽出，“撸啊撸”撸掉叶子，在一头绑上一块红色的布条，一柄红缨枪就做好了。那的确是一个“红缨枪”盛行的时节，巷战在每一个下午放学后打响。若是在周日，则有可能爆发大规模的“南北战争”，参战人员可达百人，直打得昏天暗地，日月无光。

一条小河把村子平分为南北两部分，南庄与北庄的少年子弟隔河对峙，然后踏过小石桥攻街占巷。正所谓，“战争”是勇者的游戏，游戏是勇者的“战争”。

几位先锋挺枪冲杀，后面弟兄紧随而上。短兵相见，玉米秸秆承受不了力量的对决，变成了更短的“短兵”。不断有新的兵器从捆好的秸秆中抽出，不断有断成数截而坠地的“折戟”出现，一场厮杀过后，主战场上端的是枪械满地，一片狼藉。

战斗的次数多了，每个人手中的称手兵器都变得似乎“大有来头”。

“豹子小头”阿杨使的是一柄丈八蛇矛，“跳涧小虎”阿峰使的是一柄丈八虎矛枪，“扑天小雕”阿冲使的是一柄浑铁点钢枪，“八臂小哪吒”阿宁使的是一柄火尖枪，而“双枪小将”阿平使的是一双长枪……

阵前两人单挑秀绝技，狭路相逢一人战群雄，而更多的时候则是一片混战。仿佛置身于遥远的冷兵器时代，挺枪杀来，挺枪格挡，枪来枪去，难辨雌雄。没有人认怂，没有人投降，没有人想日后在“众好汉”面前抬不起头来。认怂与投降不仅会让自己的“一世英名”受损，而且还极有可能被取消“英雄联盟”的成员资格。倒在对手的“枪下”并不可耻，可耻的是没有英雄无畏的精神和战斗到底的勇气。

少年常发少年狂，因为少年的胸膛里跳动的是一颗勇敢的心。当人生的航船驶离少年的水域，你的心是否依然足够勇敢足够少年？

时间是一支永动箭

▶ 文 / 张云广

世界上最快而又最慢，最长而又最短，最平凡而又最珍贵，最容易忽视而又最令人后悔的就是时间。

——高尔基

时间是一支射向未来的箭。

与寻常之箭截然不同，这是一支永不减速、永不停息的“永动箭”。从比洪荒还要洪荒的年代射出，这支箭以其无比坚定的信念延伸向前，逐渐催生出万物，又最终把万物改变。

“人生天地之间，若白驹之过郤，忽然而已”，就这样“寄蜉蝣于天地”，于是“哀吾生之须臾”……无限长的时间足以让人生出强烈的自卑感和深度的无力感。

从世俗的眼光来看，古代帝王似乎是人世间地位巅峰之所在和最多荣华之所在，然而拥有地位和荣华之间最大值的皇帝们满足了吗？他们并没有彻底地满足，因为相较于地位和荣华，还有更为终极的目标——追求长寿甚至长生。说到底，时间才是全人类最终极的奢望，所以帝王让臣民呼其万岁乃至万万岁。只是这也仅仅只能算是一种奢望，别谈万寿无疆或者“向天再借五百年”，就连长命百岁也不是一件容易之事，中国的清帝乾隆享年八十八岁已经是最长寿的皇帝，而翻开史册短命皇帝可谓是不胜枚举。想来还是魏武帝曹操说得好，“养怡之福，可得永年”，保持身心的和乐，以尽可能地延长生命的里程，这也就是人类面对时间的最好的姿态了吧。

其实，我们关注时间，大部分是由于我们在惴惴地设想和揣摩着自己的生命线段在时间射线上的那个未知的端点。周国平说，“死是哲学、宗教和艺术的共同背景。在死的阴郁的背景下，哲学思索人生，宗教超脱人生，艺术眷恋人生。”其实，对平常人而言也可以如是。面对点点滴滴凝聚又滴滴点点蒸发的时间之湖，你是一位思索者，超脱者还是眷恋者？

流光容易把人抛，当时光流逝得过快时会是怎样的一番情景呢？

东晋干宝《搜神记》以及陶潜的《搜神后记》中都载有辽东鹤的故事。那一位名叫丁令威的人，在灵虚山上学道有成返回辽东，化作一只仙鹤停在故乡城门的华表柱上，却遭到一位少年引弓射箭的袭扰。这只仙鹤徘徊空中，嘴中吟出的是让人感慨万千的话语——“有鸟有鸟丁令威，去家千岁今来归。城郭如故人民非，何不学仙冢垒垒”。

南朝任昉的《述异记》中有一则更为人知的烂柯人的故事。晋代一位名叫王质的樵夫一日去石室山伐木，看到山中几个童子一边下棋一边唱歌。王质为眼前场景所吸引于是信步走了过去，一位童子随手递给了他一枚如枣核般大小的山果，王质则把果子含入嘴中。始料未及的是，不知不觉中光阴迅猛流走，仿佛只是在须臾之间木质斧柄就已经烂掉。也许是那位仙童动了恻隐之心，不忍心看到下完棋后身边出现一具白骨才送给王质那枚“长生果”的吧。可是，王质下山归去，家乡早无当年人！

辽东鹤与烂柯人的故事当然不会真的在现实世界里出现，但这种沧桑的感触却一再地在人们心头浮现。当羁旅日久而回到家乡却发现更多的是陌生面孔的时候，这种感触让人难以释怀。近乡情更怯！

还记得贺知章的《回乡偶书》吗？“少小离家老大回，乡音无改鬓毛衰。儿童相见不相识，笑问客从何处来。”三十七岁高中进士离开家乡，八十六岁才辞官还乡，四十九年的光阴改变了自己的容颜，也改变了家乡的模样。辞官告老还乡去，旧主更像新来客！

还记得《古诗十九首》里那位暮年回家的老兵吗？“十五从军征，八十始得归。道逢乡里人，闻君有阿谁？”时光荏苒六十五载，不见众多亲人只有坟茔座座，还有野兔在院中狗洞中穿梭，野鸡在屋梁上乱飞，野生的谷子和葵菜长在中庭与井旁……每次读之都让人潸然泪下，人同此心，心同此理，说到底我们都是被时间之箭射伤的人。

对时间的伤感能带来情感的释放，但这种释放不可长久，《古诗十九首》中同样也有让人“且行且珍惜”的诗句。比如“昼短苦夜长，何不秉烛游？”，又比如“斗酒相娱乐，聊厚不为薄”。

面对急急流年，滔滔逝水，除了采取融入的姿态之外还可以存一种笑傲的心态。关汉卿说，“世情推物理，人生贵适意”，“展放愁眉，休争闲气。今日容颜，老于昨日”，“受用了一朝，一朝便宜”！

适意就好！受用就好！

有一位天生达观者，见其说道，“什么你的我的，都是大自然的。”是呀，大自然是时间的真实载体，二者合而为一，是真正的唯一的胜出者。又见其说道，“我们人类也是大自然的一部分，当然也就顺理成章地具备了胜利者的身份。”

持此观点者必是具有绝世超迈和豁达之人，有生有灭等同于无生无灭，这是一种顶级的生命观。我敬仰这位与宗教无关的超脱者，时间之箭一路破空锐啸入耳，他却选择了极具乐观品质和辩证色彩的唯物主义。于是，起点变成了另一个终点，终点也变成了一个新的起点，从而变得与时间等长。

其实，无论是哪种思想与学说，我们要做的都是一件共同的事情，即尽可能地跟上时间的步伐，并尽可能地避免在沿途被这支永动箭的锋芒吓倒和擦伤。

半掩的柿树

▶ 文／张云广

如果一切皆善，就一切皆美。

——托尔斯泰

穿越峡谷，披枝开路。

我们都是“不走寻常路”的人，放着平坦的石板山径不走，偏偏要下到谷底崎岖行进，一看就是“久居平原不喜平”的那一类人。

第一次不设时限、不设地段地进野山游玩，踩着形态各异、时断时续的碎石块前行，向往让身体忽略了艰难，兴奋让心灵搁置了疲惫。峡谷百步一折，十步一景，望不到尽头，探不到出口，带着一种新奇一种神秘，牵动着你的脚步向前，再向前。

时过中秋，酸枣树的荆棘枝上挂着一枚枚玲珑的红果子，很是诱人。虽然果核很大，虽然果肉很薄，但仍不失为补充能量的佳品。

当然，真正能给你身体充盈能量的还是比酸枣大很多倍的柿果。接近火焰色的柿果掩映在更接近火焰色的柿叶当中，仿佛静候着有缘人下谷移步来品尝。可是，空谷寂寥，鲜有人踪，前来“光顾者”多是一些山雀，这些家伙个个都堪称美食家，专挑那最熟最甜的柿果来啄食。

山谷之中日照时间不长，此时大部分果子还未进入成熟期。不成熟的柿果坚硬干涩，远不及那些深红、半透明的成熟柿果甘美多汁。通常是，几个人快步来到一棵柿子树下，却发现树上可供食用且在有效攀摘范围之内的果子竟然寥寥无几甚至一枚都没有。

幸好，有一棵柿树是一个例外。还隔着老远，第一眼看到它时就断定自己要有口福了，令人垂涎并信手可摘的柿果很快就验证了我们的推断的高度准确性。在薄薄的果皮上剥开或者咬破一个小口，如吸食果冻般一口气把里面的果肉吞入腹中，甘甜的味道足以慰藉一途跋涉的艰辛。

三四枚柿果吃下，面对眼前的这一棵硕果满枝的柿树，充溢心中的不止是惬意，不止是感激，更多的是深深的敬意。这一段峡谷两侧的岩体结构并不坚密，尤其是山谷南面，红色的碎石大规模地松动并滚落，俨然成了一条碎石瀑布，而这一棵柿树不幸就身处在这条壮观而又可怕的碎石瀑布之中！

这显然是一棵老树了，粗大的树干、干裂多皱近乎黑色的树皮诉说着它的沧桑过去，而最见沧桑的是，这些看似不动的碎石让老树的树干露出的部分已不满一尺！植物不比动物，动物在危难来临之时尚能选择逃避，而无法挪移身体的植物只能选择面对，在无声中蓄积勇气，于沉默中沉淀耐力，去面对一切可能出现的状况。

毫无疑问，碎石还会在老柿树身上增加它的厚度，也许明年夏天一次山洪的冲刷就会把它的树干全部掩埋。毫无疑问，老柿树还会在明年的春天里开花，一如今年的春天里花开满枝；还会在明年的秋季里挂满甜美的

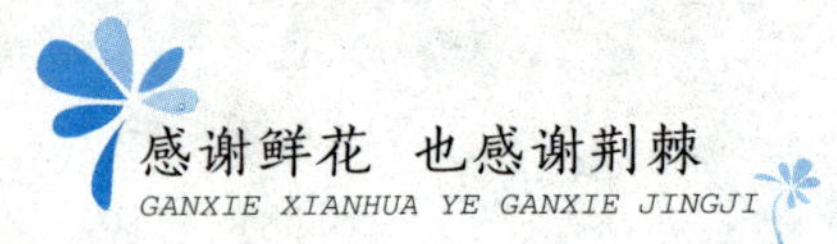

柿果，一如今年的秋季里挂满这甜美的柿果……

柿子树是长寿树，单就其结果期而言就能超过百年，不过恐怕这棵树是挺不到那个时候了。史铁生说过，“死是一个必然降临的节日。”老树的这一“节日”又会在哪一天降临呢？我们无从知道。我们只是这座山谷的偶然闯入者，自是无法见证那一天的到来，唯有蹲下身子抚摸树干祈祷这一天来得晚一些。其实，老柿树已经用它倔强的形体告诉了我们，对此事大可不必忧虑。在无情的自然之力的考验下，一棵树或许比一个人战斗得更坚韧，应对得更从容，对峙得更沉静，从而表现得更加可敬。

站在一棵身体被碎石半掩的柿子树旁，一团火焰烈烈燃烧在眼前，也腾腾燃烧在心中，那是意志的光焰，也是抗争的风景！

一本书的神奇力量

文 / 戎装云

好书是伟大心灵的富贵血脉。

——弥尔顿

我本不是一个学习特别勤奋的学生，上初中一年级时就患上了严重的作业上交拖延症。我曾经 N 次被老师放学后留校补写作业，并受到了老师 N 次的批评教育，所以那唯一一次没被训斥的情景至今记忆犹新。

那一次，放学铃声响过，同学们背着书包欢欢喜喜地走出教室走向校门，唱着自编的《放学歌》向着家的方向赶去。我们几个交作业欠积极的“惯犯”则被毫无悬念地留了下来，在后面两盏有些昏暗的白炽灯照耀下补写着当日清早就应该上交的作业。语文老师摇着头无奈地走进教室，在我的身边停了片刻，然后拍了拍我的肩膀，接着用右手的食指向教室门口指了指，示意让我出去一下。

我整个身子立刻从座位上弹起来，不过并没有马上迈步，心中暗暗思忖莫非这一次老师又要对我进行“特别关照”了？见我的脸上现出疑虑的表情，老师的脸上挤出一丝有些诡异的微笑，示意我不必担心不会“凶多吉少”的。深吸了一口气之后，我才移步走出了教室。

站在走廊里的我低着头，等待老师“狂风暴雨”般的谆谆教导。没想到的是，老师又是神秘的一笑，一本没有封皮的课外书已经神奇地出现在她的手中。

“阿云同学，送你一本故事书吧，回家好好看看。”

“谢谢老师！”

我用有些发颤的双手接过老师的书，心中忐忑的潮水刚刚退去，只听老师又补了一句，“知道你记忆力强，这样吧，每天背诵一个故事，第二天背给我听。”

事发突然，我张开嘴还未做出任何反应，老师就又拍了拍我的肩膀让我重回教室……

回家吃过晚饭，临睡前才想起老师交代的事情还未完成，于是打开书包拿出书来翻开第一页，“孙敬悬梁”四个大字赫然在目。故事讲的是东汉一个叫孙敬的年轻人，他经常读书到深夜，为了避免瞌睡影响学习，突发奇想找来一根绳子，绳子一头系在房梁上，一头系在自己的头发上，如此一来只要头一垂，绳子就会牵动头发扯痛头皮让人重回清醒的状态。

故事不长，十分钟后已经背得准确无误。合上书，抬起头，无意中眼神扫到窗台上放着的一根细绳，于是拿来在自己头发上绑去。怎奈留的是板寸，绳子怎么也绑不住头发，几番尝试失败之后不禁哑然失笑。没想到这一笑竟然冲走了所有的睡意，反正闲着也是闲着，于是乎拿出当天的作业做了起来。

第二天，在同学们万分诧异的目光注视下，我破天荒地在上午预备铃前上交了昨天课堂上老师布置的作业。得知这一“重磅新闻”之后颇有“成就感”的老师对我竖起了大拇指，并在我于课堂上熟练背诵了故事《孙敬悬梁》之后对我“横加”赞赏，当真是“一则故事，改变一天”！

那一天下午放学，我和自己往日里的拖延症盟友们挥一挥手，不带走一片云彩。那本故事书在我家的写字台上放着，接下来的背诵任务是第二则故事——《苏秦刺股》。

那一晚也给我留下了清晰的印象。也许是不太适应这种挑灯夜读式的节奏，正在写字台前写作业的我冷不防一个哈欠来袭，就在我打算像过去那样钻入温暖的被窝睡觉的同时，脑海中一个火花闪过，自己如中邪般竟不由自主地站起身信步来到父亲摩托车后备工具箱旁。从工具箱里面取出一个锥子，然后回到座位，咬咬牙，闭上眼，狠狠地向着自己的右腿刺去。一阵钻心的痛感让我顿时跌倒在地，头上竟然也撞击了一下。缓缓起身查看腿部被击中处，还好没有刺出血来。此时此刻，心中不禁佩服起苏秦来，人家在晚间读《阴符》一书时可是血流到脚跟都不怕的呀！

虽然烈度远远不及苏老前辈，但经过这一刺激已是睡意全无，闲着无聊只好以写作业的方式来填补空虚，所以在第二日作业依然是照交不误。见效果不错，老师趁热打铁又给我留了第三个背诵任务——《车胤囊萤》，第四个任务——《孙康映雪》，第五个任务——《江泌借月》……

榜样的力量当真是无穷无尽的，潜意识中以勤学先贤为榜样的我如刘备招亲般弄假成真，于不知不觉中治好了自己的交作业拖延症，而班里其他“患者”也以我为榜样，一时间各科作业都能按时足额上交，班风学风为之一新，这可乐坏了各位恩师。谁说好事不出门，这不，其他班级的老师纷纷打听其中的奥妙，就连校长都耳闻了此事，还在大会上高调表扬了我们。

转眼间一周过去了，有空时间就拿出故事书来提前背诵的我思想境界竟然在迅猛提升中。有一次回家的路上，我想起了当天数学老师给我们讲的排除法，心想何不就用这种方法选一个故事主人公来一个百分百的效仿呢？

自己的头发还不够长，悬梁法被排除了；我天生怕疼，记得学校打防疫针时唯有我惊出了一身的汗，刺股法被排除；自己虽然是捕虫能手，捉几十只蟋蟀、蚂蚱等小虫不在话下，可是它们又不会发光，而萤火虫从未在家乡飞舞过，囊萤也被排除；另外月光下过于黯淡，而秋天又不下雪，借月映雪也被排除在外。

思来想去，思去想来，还是匡衡的凿壁借光这一方案比较靠谱，具备一定的现实可行性。当时我家的房子东面临着大街，看来只能在西墙凿洞了。幸运的是，我的卧室就在最西面，方便下手。

到家时爸妈还未下班，正是启动“开工项目”的吉日。首先要选好开凿的位置，必须足够隐蔽，不能被爸妈发现否则就“中道崩殂”了。

说干就干，找来锤子和锥子，轻轻揭开一幅年画，在下面放一个塑料袋来接住敲击下来的砖土。那时乡间的房子墙壁多是涂上一层泥，中间是土坯，外面包裹着一层砖，从理论上来说凿开一个洞通往邻家是完全有可能的。

在很轻易地把干泥层去掉之后，我看了看墙上的钟表知道爸妈回家的时间快到了。于是，我赶紧清理现场，把年画重新贴上，把工具放回原处，把敲击下来的东西全部处理掉，不留下一点可能被发现的蛛丝马迹，然后装作一番若无其事的样子迎接爸妈的进门。

第二日下午放学后工程继续，这一日土坯让我搞掉了一半。我的激情格外高涨，想到一个神秘的洞穴将在不久之后的某一天出现在邻家阿中的东墙壁上，不仅可以传过光来，还能看到阿中的一举一动，然后把他做的事情说给他听，一定会让他大为惊讶的。呵呵，这是一件多么伟大、多么有创意、多么让人兴奋的事情呀！

第三日工程依旧，平安依旧。意外发生在第四日，当我拿起锤子和锥子动作娴熟地操作了才几下，就听得庭院中有脚步声。是邻家阿中的母亲来了，后来如您所猜，“东窗事发”之后一个无比美妙的计划被迫无限期地搁置。虽然心有不甘，却也只能如此，父亲亲自动手把洞补好，我的“前功”可悲地尽弃。

不过也不能说全无收获，此事很快传为胡同里的佳话，都说我身上有古贤遗风，这给我的正面形象着实加分不少。而形象被如此拔高也多少让我有些“骑虎难下”，仰天长叹无济于事，“名声在外”的我只好硬着头皮将勤奋进行到底，于是一路杀将前去，杀入重点高中，并最终杀入了一所自己心目中的理想大学。当然，我的那些拖延症“病友”们也都是在让人刮目相看之后最终学业有成。

多少年后蓦然回首，我的人生轨迹竟然是这样不可思议地被一本书的力量改变，如果给这本书重新起个名字，我想是否可以叫它《如来神掌》呢？

果实应该分享

▶ 文 / 西埠君

美是善的象征。

——米盖尔·杜夫海纳

深山里，长着三株野树，樱桃树、山核桃树和假花生树。

春天来了，樱桃树结满了鲜艳的果实，树枝都被压弯了。红艳艳的果实吸引了穿梭在密林中的小鸟，它们从四面八方飞来，享受着樱桃的盛宴。很快，樱桃树上的红樱桃就被小鸟们啄食一空。假花生树看着樱桃树，叹了口气，你辛辛苦苦结的果实，都被小鸟吃光了，自己什么也没留下，多可惜啊。樱桃树笑笑，能让这些可爱的小鸟填饱肚皮，在春天里飞翔，这是多么开心的一件事啊。

盛夏刚过，山核桃树就迫不及待地开花结果了，它的果实毛茸茸的，一点也不好看，还裹着一层厚厚的外壳。小鸟们飞来了，啄不动，又飞走了。一个迷路的山民，路过山核桃树下，又饿又累的他，看见山核桃树上挂满的果实，忍不住摘下一颗，敲开，尝尝，虽然有点苦涩，但味道还不错，他想，如果摘回去，炒熟了吃，味道一定更好。于是，他解下行囊，摘了满满一袋子，背回了家中。假花生树又叹了口气，山核桃树啊，你的果实那么难看，还是免不了被人类采摘，看来你的命运和樱桃树一样，注定一无所获。憨厚的山核桃树不以为然，它觉着，自己的果实能为人类填饱肚皮，有什么不好呢？

秋天的时候，假花生树也结满了一树的果实。假花生树盘算着，我可不能重蹈樱桃树和山核桃树的悲剧，让自己的果实被贪婪的动物和人类吞食了，而自己一无所有。得想个招，免遭采摘。思来想去，假花生树终于想出了致命的一招：让自己的果实有毒，这样，就谁也不敢采摘它了。假花生树努力将自己体内的毒素全部凝聚到果实上。四处觅食的猴子，爬上假花生树，剥开了一棵假花生树的果实，一尝，又苦又涩又麻，吓得它赶紧扔掉了。人类看见连猴子都不能吃，知道它有毒，也不敢采摘了。假花生树得意地笑了，动物和人类都被它吓跑了，它捍卫了自己的果实。看着只有自己硕果累累，假花生树乐弯了腰。

第二年初春，当冰雪融化，漫山遍野都冒出了新的嫩芽，全是樱桃树的小树苗，原来，小鸟们吃食了樱桃后，樱桃的种子随着小鸟的粪便散播到大山的每一个角落，春天一来，这些种子全都发芽了。而在山民的村庄周围，山核桃的种子也开始抽芽了，人们在尝到了山核桃的美味后，发现它像圣果一样甘醇，于是，决定将山核桃的种子埋进土里，进行大规模的人工栽培。只有假花生树的果实最后都落在了自己身边的地上，因为缺少阳光和土壤，几乎没有一颗种子发芽。假花生树，孤独地看着自己的影子，和影子笼罩下的已经腐烂的种子，唉声叹气。

如果你的果实不能与他人分享，它很可能成为累赘，最后只能眼睁睁看着它们腐烂掉；而如果你的果实能为别人带来福音，成为大家共有的财富，那么，你的种子就会走到任何一个角落，遍地生根，成为这块土地上灿烂的风景。

这是野树的秘密，也是人生的智慧。

听一场电影

▶ 文 / 西埠君

没有德性的美貌，是转瞬即逝的；可是因为在你的美貌之中，有一颗美好的灵魂，所以你的美貌是永存的。

——莎士比亚

这是一场特殊的电影，一个志愿者组织的一次尝试，观众是30位盲人。

在他们面前，是一面不大的幕布，幕布前面还摆放了一排鲜花，站着一位手拿话筒的漂亮姑娘，她是这场电影的讲解员。这一切他们都看不见，但是，他们嗅到了花香，听到了姑娘轻轻的脚步声。

电影开场了。音乐响起，女孩大声讲解：“片名出来了，叫《暖春》，画面上，出现了一个村庄，在山里面，刚刚早春，山上碧绿一片……”

“姐姐，绿色是什么样子的？”一个男孩问。

女孩迟疑了一下。接到讲解任务后，女孩就将这部电影反反复复看了十几遍，一遍遍练习讲解。她知道因为盲人什么也看不见，会提出很多问题，但没想到，第一个问题就将自己难住了。想了想，她告诉男孩，绿色就是小草的颜色，水的颜色，也是我们生命的颜色。男孩似懂非懂地点点头。

剧情在慢慢展开，每切换一个镜头，女孩都将画面描绘出来。

“现在，屏幕上是小花（电影里的主人公）和爷爷在草地上，草地上到处都是黄色的花朵，爷爷摘了好多花，编成了一个小花帽，戴在了小花的头上……”

“小花高兴吗？”“戴着花帽的小花很漂亮吧？”“草地很大吧，好看吗？”盲人们叽叽喳喳地问。镜头其实一晃而过，幸亏女孩看了很多遍，在她的脑海里，这片金色的草地早已定格，她努力将自己脑海里的草地描绘出来。

“现在的场景是晚上……”女孩讲解说。

“很黑吗？是不是什么也看不见啊？”有个老奶奶不放心地问道。

女孩告诉她，有淡淡的月光。

“可是，姐姐，月光是什么样子的？”又是那个男孩。女孩笑着告诉他，月光是银白色的，洒在地上，像水银一样。女孩真怕他会问水银是什么样子的，没想到小男孩忽然高兴地说，我听到水银洒在地上的声音了，很清脆的，真好听。女孩笑笑，她只看见了月光，没有听见月光的声音。

电影里，因为爷爷收留了无家可归的小花，爷爷的儿媳妇很生气，常常趁爷爷不在家，欺负小花。“现在，小花从鸡笼里摸出了两个鸡蛋，小花小心翼翼地将鸡蛋对着天空照，天空中有太阳。突然，屏幕上出现了儿媳妇凶狠的脸，儿媳妇恶狠狠地从小花手里抢鸡蛋，鸡蛋被打碎了，儿媳妇将小花的风车扔在地上，一只脚狠狠地踩在上面，将风车碾碎了……”

女孩讲解到这儿，影院里突然爆发了愤怒的讨伐声，“这个女人怎么这么凶狠啊？”“太坏了！”“小花太可怜了！”“爷爷怎么还没回来啊？”

屏幕里，传来小花凄惨的哭声和讨饶声……

所有的观众，都在抹眼泪。眼泪从他们干枯的眼窝里，不断涌出，几位老奶奶抑制不住，大声地啜泣起来。工作人员忙递给每位盲人几张纸巾。讲解的女孩也忍不住泪流满面，她没想到，一个他们什么也看不见的镜头，会让这些盲人如此激动。

电影的结局是，14年后，小花考取了大学，大学毕业后，回到小山村，成为一名小学老师。“现在的画面是，小花领着学校里的孩子们，在草地上放风筝，他们一起在向前奔跑……”盲人们的脸上，露出了灿烂的笑容。

电影结束了。没有一个人站起来，他们还沉浸在电影的情节里。

那个小男孩忽然站起来，怯怯地对女孩说，“姐姐，你的声音真好听，像电影里的月光一样。”

这是女孩听到过的，最好的赞美。她向30位盲人讲解了一部电影，她也第一次听到了月光的声音，那是一群看不见这个世界，但拥有一颗敏感的心的人们，才能听见的天籁。

请写一则寻找妈妈的寻人启事

文/西埠君

没有单纯、善良和真实，就没有伟大。

——列夫·托尔斯泰

作文课。老师教完了应用文写作后，当场给学生们布置了一个题目：假设自己的妈妈丢了，请每一个人写一则寻人启事。老师还给每个同学发了一份寻人启事样本，大家可以照葫芦画瓢，但是，里面的内容必须根据自己母亲的真实情况撰写。

同学们似乎还没有反应过来，自己的妈妈丢了，写一则寻人启事？面对着寻人启事样本，同学们一时都不知道该如何下笔。

见同学们都没什么动静，老师说，这样吧，我再讲一遍寻人启事的要点，大家一边听，一边写。首先，写下丢失人的姓名。

大家埋头在纸上写了自己妈妈的名字。

老师说，性别。

女。大家刷刷写下。

丢失人年龄。老师的话音刚落，班级里就炸开了锅。有人说，我妈好像 42 岁了吧。有人说，我妈妈从来没告诉过我她多大啊。有人说，我今年 14 岁，我妈妈该有三十八九岁了吧？几十个同学，竟然没有一个人能够准确地说出自己妈妈的年龄。

老师摇摇头，年龄先空着吧。下面是最重要的部分，请写出丢失人的体貌特征。

“我妈妈特别爱唠叨……”“我妈妈很勤快，每天都要洗很多衣服，还要做饭，搞卫生……”“我妈妈总是要管我，连电视都不让我看，说我浪费时间……”“我妈妈最疼我了，有什么好吃的都留给我……”大家七嘴八舌，似乎对自己的母亲很了解。老师打断了大家的话，同学们说的，也许是你母亲的特点，但是，现在请大家写的是母亲的体貌特征，比如脸上有颗痣，手背上面有道伤疤，腰杆有点弯曲什么的。

同学们停止了议论，歪着脑袋，努力回想着妈妈的形象。每天都见到的妈妈，到底有些什么体貌特征呢？脸上有没有长痣？好像是有的，但想不起来在哪了。妈妈干活时，经常会受伤，可是，哪儿留下过伤疤？倒真的没注意过啊。妈妈的腰杆这几年确实有点弯曲了，总是直不起来，可能是太累了的缘故吧？可是，好像每个人的母亲都是这样的啊，这也算是体貌特征吗？

同学们勉强写下了几个特征，既像是自己母亲的，又好像不太像。

老师说，请同学们再写下，今天，妈妈穿的是什么衣服和鞋子。如果妈妈真的丢了，那么，最后离开家时穿的衣服，将是很重要的鉴别辨认依据。

班级里再次炸开了锅。穿着干净、漂亮衣服的同学们，叽叽喳喳地议论开了：哪个同学早上新穿了一双运动鞋，大家立即就注意到了；最喜欢的那个电影明星，喜欢穿什么样式什么牌子的衣服，大家总是一清二楚……可是，早上和自己一起出门，甚至骑着车子将自己送到学校门口的妈妈，穿着什么颜色的衣服，什么样式的，却真的没有留意，从来也没有留意。

作文课彻底失败了，一个简单的寻人启事，竟然没有一个同学写完整、准确。老师最后面色凝重地对大家说，不是寻人启事难写，是大家对自己的妈妈，根本就不关注不了解啊。

儿子盯着我，盯着我，似乎要把我深深地刻印在脑海中。他告诉了我，发生在作文课上的事情。我相信，那堂作文课上，儿子一定已经受到了很大的震撼。我摸着儿子的头，告诉他，天底下的爸爸和妈妈，都是用心去看自己的孩子的，所以，孩子的每一个细小动作，都逃不过父母的眼睛。记住爸爸妈妈其实一点也不难，只要用心，就足够了。

眼睛看到的会漠视，或者忘记，而用心记住的，会珍藏一生。

一位母亲的危机处理

▶ 文 / 孙一闻

良心这玩意儿，它谴责起人来，是够叫我害怕的，对大人是这样，对小孩也是这样。

——狄更斯

1 月 24 日，星期天，杭州，一个名叫山水人家的小区。宁静的小区道路两旁，停满了私家车。谁也没有想到，平时停得好好的小车，瞬间惨遭毒手，被利器划得伤痕累累。停在路边的几十辆小车，无一幸免。粗略估计，仅这些划伤的修理费，就需要四五万元。有人报警。愤怒的车主们发誓要揪出恶意划车的人。

小区的监控被调了出来，从监控录像上可以看出，是一大一小两个孩子干的，大一点的像个小学生，脚下还踩着滑板车，小的估计才上幼儿园。他们一路走，一路划。这是谁家的孩子？胆子也忒大了！太没教养了！但监控看不太清，没人认识这两个孩子。

警方开始调查。网络和第二天的报纸上，都报道了这件事。

第二天下午，一位妇女给派出所打电话说，划伤汽车的是她的孩子。

她也住在那个小区。她是第二天，才从网上看到了小区车子被划伤的帖子，帖子中描述的两个孩子，大的很像她的孩子，而小的是她同学的孩子。当时，两个孩子下楼去玩。时间、地点、两个孩子的特征，都吻合。她赶紧跑到小区物业处，调看了监控录像。果然是她的孩子。

她意识到问题的严重性。冷静下来后，她是这样处理的——

给派出所打电话，毫不犹豫地告诉民警，车是自己的孩子划的，我们将承担全部责任。

晚上，儿子放学回家。问他，是不是你干的？儿子低头不说话。她对儿子说，你是男子汉，是你做的，就要勇于担当。儿子承认，是他干的。又问他，如果你的折叠车被人划伤了，你心不心疼？儿子说，心疼。她说，你的折叠车几百元就可以买到，而人家的车，一二十万，有的甚至上百万，你说会不会心疼？儿子向她连鞠了几个躬，说，妈妈，我错了！

打印了一份致歉信，向所有被划伤的车主表达歉意，并表示承担全部责任和修理费用。致歉信复印了几十份，张贴在小区所有的出入口和楼梯口。

联系了一家信誉很好的汽车修理厂，负责修理所有被孩子划伤的汽车。

第二天、第三天，连续两个晚上，等儿子做完作业，她领着孩子，挨家挨户登门道歉。她要求，门铃都由儿子自己来摁。这是让儿子面对错误的第一步。儿子在课余折叠了很多张纸船，上面都醒目地写着“对不起”三个大字，他要将这只船作为礼物，送给车主们。每到一家，孩子一进门就说：“对不起，我不知道划车的后果这么严重，请你们原谅我。”所有的车主都表示，原谅孩子。

她对儿子说，叔叔阿姨都很包容，原谅了你，但是，你要记住，千万不要把别人的包容当成自己犯错的借口，你要敢于担当，知道什么叫责任心，学会感恩。

一场危机，被这位母亲成功地化解了。剑拔弩张的人们，怒气消去；一张张冰冷失望的脸，露出了笑容。而作为犯错孩子的母亲，自始至终，她没有推卸责任，没有逃避，也没有雷霆大怒。事情圆满解决，车主都很满意，更重要的是，孩子认识了错误，学会了担当，获得了原谅。我想，他这辈子都不会忘记这次教训，但也不会在心灵上留下难以弥补的阴影。

一位当事的车主说，孩子的妈妈这么做，我很佩服。说句实话，遇到这样的事情，不是每个家长都能处理得这么及时，这么果断，这么勇于承担的。这位母亲，非常了不起。

作为一名旁观者，我一直通过媒体，关注着这件就发生在我身边的故事。从这位母亲身上，我深深体会到，要想我们的孩子学会担当，有责任心，我们做父母的，首先自己要敢于担当，善于担当。这，你能够做到吗？

理发琐忆

文／冰凌

要是每一个孩子的诗情画意都能得到人们的欣赏鼓励，从而取得健康的成长，那么，世界将不愁成为一个富于诗情画意的世界。

——殷庆功

看梁实秋先生的《理发》，小小理发，妙趣横生，遂想起自己儿时理发的事儿。

儿时的记忆里，一直是母亲给我理发。所谓理发，只是剪短而已，就是剪至短，至最短。发肤受之于父母，她何以那样憎恶我的头发？源于她很忙，忙得无暇帮我梳理，而我又笨手笨脚，自己怎么努力也收拾不到一块。整日忙得晕头转向的母亲为了减少给我理发的次数，每次都尽可能地剪得很短很短，以至于村里人都叫我“三小子”。我是货真价实的女娃，我还没有傻到美丑不分好坏不辨，母亲的理发，简直是在毁灭我的自尊！

我一旦觉醒，就果敢地踏上了反抗之旅。

一说要给我理发，我和母亲就开始了斗争：我躲她找，我跑她撵，我犟她打。每次的结局都毫无悬念，一副灰不溜秋的样子被辑拿归案。从古至今，面对强权与暴力，小人物总是无所遁形，我又怎能例外？我被母亲拽着衣领拉到了盛满水的洗脸盆前。

我依旧满心不甘，不肯服服帖帖就范，倔强地扭着脖子试图远离万恶不赦的洗脸盆。其实那时年幼的我早已明白，是祸躲不过呀，可还是想抗争。母亲呢，仗着她比我高大很多，更倔强地将我可怜的头按向盆里……

开始理发了，我不停地喊“不要短，不要短”，时而还扭扭头以示提醒。母亲有时也会应声说“不短，不短”，有时会干脆重重地拍打一下我无辜的脑袋，骂道“动，再动就把你的头皮戳破了”。

每次剪完，一如既往地短，一如既往地丑得不堪，别人也一如既往地喊我“三小子”。

后来，戏剧性的变化出现了：即使再短，即使短得紧贴头皮，我的头发还是凌乱不堪，或者说，每一根头发都坚定地昂首挺胸地注视着自己的方向。

母亲很无奈，感慨道：人丑没办法，咋连头发都那么别扭？我解恨地白了母亲一眼，接了句：头发还不是叫你气得？你胡剪它就胡长。

一次跟母亲进城办事，路过理发店门口，母亲看看我已经长得很长又需要她动剪子的头发，心一横，带我进了理发店。理发店穿白大褂的大姐姐轻轻柔柔地给我搓洗着头发，相比母亲的生拉硬拽，舒服多了，香香的洗发水也比洗衣粉好闻多了。她开始剪发了。母亲在旁边一直提醒她，剪短点。我也一直说，不要短，难看。

大姐姐笑着回应母亲说：女娃，剪得太短了不好看。我剪完你看看，想短了咱再收拾，——要是剪短了想长就没办法了。

理发店真好，前面有块大镜子，随时可以看到理发的进展。而不像母亲剪发，我站在院台子下面，她在上面。我只能绞尽脑汁地想象着她会剪得多短头发会有多难看，事实是母亲剪的头发的难看总能超出我的想象。面对房子里那面已经破裂了的镜子，我恨不得砸得稀巴烂，好像是镜子将我的头发照得那么短那么难看。

剪完后，大姐姐还拿起一个东西对着我的头发吹了一会儿，头发就不再湿湿地贴着头皮了，感觉很舒服。镜前的我，头发柔柔顺顺地垂下来，一个很文静的丫头。

那一刻，我爱上了自己。从镜子里，我也看到了母亲满脸羞涩的笑……

距离那时已经三十多年了，我现在还能强烈地感受到第一次看到自己女孩发型时的激动与欢喜。也记得那天从巷子里走过时，我高昂着头，几乎是蹦跳着走路的。婶子们都开玩笑说，从城里回来的假小子变成女子了。也记得晚上睡觉时，我是小心翼翼地趴着睡的，害怕弄乱了头发又乱七八糟成鸡窝了。结果早晨起来，还是那么好看。从那以后，母亲理发时就是照那样子剪短一点就行了。——我成了彻彻底底的女孩子。

又突然想起昨天的事。大街上，我看到一个小男孩脑袋后面垂着长长的小辫子，男孩还骄傲地晃着脑袋，觉得很是滑稽。

此刻，我想说的是：让女孩子像女孩子一样地成长吧，委屈了小小的头发，就委屈了女孩柔软易感的心；让男孩子像男孩子一样地去成长吧，娇惯了头发，就遮掩了男孩固有的挺拔与阳刚。

踩着心灵的鼓点，回望

▶ 文／冰凌

要想学生成为站直的人，教师就不能跪着教书。

——特级教师吴非

我喜欢回忆，回忆是巡视我的心灵家园，是踩着心灵鼓点的曼妙舞姿。心灵家园里那道最美丽的风景，当属引导我做人开启我智慧之门的老师们。

初一时教我英语的是申文香老师，一个像极了妈妈的老师，——同学们都特别喜欢上冬天的英语课。

申老师一站上讲台，就让我们全体起立，双臂前伸平举，十指快速而用力地伸开合拢，反反复复，直到手不再冰冷。而后就让我们使劲地跺脚。这个过程结束后，浑身有了热气的我们才进入学习状态。

记忆里，申老师一直独自带着儿子生活，小家伙特别喜欢画画，申老师还养了小鸡，就是让儿子看着画。一个被爱抛弃的老师，却时时不忘将具体的爱传递给她的学生们。相对于那些人人都称道的对学生要求严格的老师，我真的很喜欢申老师。——比传播知识更重要的，是人性的引导，比能力更重要的，是品质。得益于申老师的影响，成为教育工作者后，我更关注的是学生们的情感和思想。

记忆里，觉得最深不可测的是初中时教我数学的刘正才老师，用今天孩子们的话说，就是“很酷”“很拽”。

课间休息时，刘老师总是“脖子运动”：脖子带动头颅，左转或是右转，绝对的 90°，前俯或是后仰，也接近 90°，做这些运动时，他总是双目微闭。

我觉得刘老师好神奇，他的每一个动作竟然都能做到与数学有关。我还觉得，双眼微闭时的刘老师更像哲学家。后来，当我因长时间的伏案而导致颈椎酸痛难忍时，才理解了刘老师。

刘老师手捏粉笔在黑板上轻轻一点，快速旋转后，一个圆便在黑板上出现。下课后，有同学不相信地用圆规试了一下，天哪，神了，丝毫不差的圆！他画三角形亦是如此，不借助三角板，同样让我们惊叹不已。

我们班有几个极其喜欢数学的男生，他们到处搜集偏、怪、难题请教刘老师。刘老师呢，通常是先点根烟，静静地看，只是看，从不动笔试探，而后，直接提笔就解了出来。以至于我们都觉得刘老师的智慧或者灵感是用烟熏出来的。尽管如此，我们班却没有一个男生尝试着吸烟，可能都觉得没有刘老师那个级别就不配吸烟吧？

跟着刘老师学了一年数学，黑板上，他从来没有因为思路的断断续续或者过程的不严密而使用过黑板擦，这不能不说是个奇迹！

站上讲台快二十年了，每每忆起刘老师，我就告诫自己：好好努力吧，你和优秀的前辈距离很大！

高中时教我语文的是颜必人老师，他确是我应该铭记终生的老师，——他传授给了我拥有快乐的秘诀！

颜老师最喜欢的，是填律诗或写古体诗，也经常发表。我之所以走上写作的道路，源于他曾将我写的诗歌向报刊推荐。

“你写得的确很好，”颜老师说话直截了当，“咱投出去，看能不能发表。”

记得当时是在颜老师家里，他嘱咐我书写要认真，——认真是对编辑的尊重。看着我誊写，连标点符号的规范书写方式都一一指点。他同时告诉我，一个人一旦喜欢上阅读和写作，就学会了和自己的心灵对话，永远都不会寂寞、孤独。

夜已经很深了，母亲依旧在纺线，看着母亲的背影，我写了首《纺车情》。只有十五行的短诗，颜老师的批注竟写了满满两页，多是他读诗时的感觉。我的诗竟然写得那么好，连我最敬佩的老师都被我感动了。这就是我当时最真实的想法，我很骄傲，这种骄傲以至于演绎成对文学的深爱！

就是因为颜老师当初对我的影响吧，同样作为语文老师的我，也一直尽力指导并力荐我的学生发表习作。说真的，看到学生们的习作在全国各种报刊杂志上发表，那种喜悦，一点都不亚于我自己的作品发表。

我同我的颜老师都坚信：喜欢文学热爱写作的孩子，就会自觉地靠拢真善美，他们的人生，会因此而丰富多彩！

回忆，倘若不能温暖自己、丰富自己、提高自己，就等同于空白。没有值得回忆的人生，才是贫穷的人生！

逃学记

▶ 文 / 晓雅

水不激不跃，人不激不奋。

——冯梦龙

是上幼儿园的第二天吧，拉着女儿要送她去幼儿园。对，是——拉，我在前面使劲拽，她撅着屁股拼命往后拖。可能是第一天的不良影响，让她对去幼儿园有了强烈的抵触情绪，满脸惊恐伴着歇斯底里的哭喊。瞧着她那副模样，我笑了，松开了手，想起了自己儿时逃学的情形来。

那时母亲在村里小学教数学课，幼儿园就在距离小学不远处的大队部里。在幼儿园的第一天，哭着闹着也没人送我回家，——幼儿园里到处都是哭着闹着的小孩子。老师们一点都不像家里人，不会因为我稍微的一点不适而露出惊恐。也许老师们想的是，每个娃娃来幼儿园都得大哭几天才会安宁下来。

哭累了，想上厕所了，厕所在大队部的西南角。刚蹲下，就瞧见一个

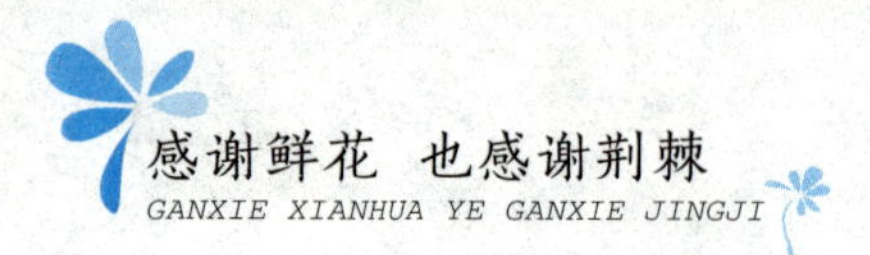

缺口，忘了尿急拎起裤子就跑过去。也不知道那一刻小贼胆有多大，竟然敢试探着钻，竟然直接就过去了——掉了下去，外边就是村里的大池塘。

是池塘边洗衣服的人惊恐万分地将吓晕了的我拉出池塘并抱回幼儿园。惊魂未定的我听见了她对着幼儿园老师嚷嚷“天哪——，赶紧看看，还有哪些地方不安全”。就是那一天，厕所里的那个缺口就堵住了。

那天母亲接我回到家，说给了姥姥，吓得姥姥拉过我就上下瞅，看受伤没。母亲却用手指戳着我的小脑门骂我“贼胆大”。第二天一大早我就赖在姥姥怀里，母亲好说歹说我就是死活不上学。姥姥也打着圆场，说娃受了惊吓不想上学就不要勉强了，在家多呆几天吧。

母亲语气很坚决，说不行，越待越不想去，必须坚持去，习惯了就好了，听着这话，感觉这时的母亲跟幼儿园老师对我们的漠视是一模一样的。

母亲还是硬从姥姥怀里把我拽了出来，几乎是被揪着送往幼儿园。

幼儿园真的不如家里，家里想赖皮了，往姥姥怀里一倒，她就摇着晃着给我讲故事。必须离开这里，他们讨厌我也许会将我送回家。我就试着狠哭，撕破嗓子般干嚎着，结果发现，干嚎、抽泣、打闹，怎样折腾老师都不管——娃娃太多了，老师忙得根本管不过来！

看来，我得自己逃离这里了。厕所那个缺口已经堵住了，不堵也不是逃跑的路。不过即便再有缺口，我也不会贸然钻了。

还是得想其他办法逃出这个鬼地方。我溜到接近大门的墙边，而后避免被发现揪回来，就顺着墙根爬到了门口。嘿，过了，撒腿就跑回了家。姥姥才不问放学没，抱着我就亲起她的宝贝疙瘩。

母亲照例放学到幼儿园接我，没有接到，老师们也没留意到我的失踪。不过那次以后，老师总将我拉到她身边，说着“把李老师的闺女再弄丢就出洋相了”。在老师视线之内玩消失，难度太大了。可还是不想上学，——既然出不了幼儿园干嘛要进去？

于是开始了装病生涯。记得最拿手的就是肚子疼，疼就疼，是我疼，别人怎么会感觉到呢。两次得逞后，母亲发话了：肚子疼也是病，是病就得看，喝药打针都行。肚子疼也就不能多吃，还不能动，得静养……面对母亲那一套无缝可钻的铁律，我撤出了装病。

只好继续去幼儿园呗。不过再次去，老师对我看的不那么严了。

只要心里有想法，只要执着去做，终究会突破性实现。这是我逃学生涯的最高阶段悟出的道理。别笑，甚至影响了我以后的人生道路。

我就在幼儿园里转着看，寻找突破口。

转了两天，就有了思路。

一棵树几乎是紧挨着墙，从树上小心到墙头，在墙头上慢慢爬着溜到墙的尽头就是更矮一点的墙，矮墙的外面是可爱的大土堆。我观察了，跳下去一定不会有大问题，眼一闭就行。

不过好几天，总有几个比我还黏人的家伙总拉着我一块玩儿。那一套想法在心里已经顺利排练了很多遍，就是不能马上操作，——得防备他们给老师打小报告。

终于来机会了，我开始实施想象了几十遍的“越园计划”。

上树，比较顺利，转到了墙上，胆战心惊地溜过了墙，顺利下降到矮墙，尽头，转过去，眼一闭，心就欢喜地飞了起来。

而后，而后我的哭声响彻整个村庄的上空。

——那堆土被运走了，我想当然地闭了眼跳，不出事才怪。

骨折，姥姥心疼地直抹眼泪，说“伤筋动骨一百天”。当“一百天”传入我的耳膜时，我顿时觉得值了。

有姥姥陪，有好吃的，可时间长了，竟然浑身不舒服，躺在床上就像把人放在热烫烫的平底锅里，翻来覆去都是难受都是不舒服。

有一天终于憋不住了，悄悄对姥姥说，想去幼儿园了。

至此，我的逃学生涯，画上了句号。

看着女儿满是泪的倔强的小脸蛋，我蹲下来，揽她入怀，轻轻地拍了起来……

断生即可

▶ 文／阿源

我们并不要求别人完美无缺，我们只要求他们的缺点不要妨碍我们。

——米拉博

我 9 岁时就得下厨做饭。那个年代，仅一饭一菜而已，无需什么厨艺。最常煮的菜是高丽菜（闽南人的叫法，即包菜），下锅煮熟就行。

有一回，阿姐对我说：“你怎么会炒出这么难吃的菜？吃起来尽是潲水味。”我有巧妇难为无米之炊的无奈：“难道高丽菜还能炒出高丽参味？”

一天傍晚，阿姐见我还没炒菜，便拿一个高丽菜用手撕，每片菜叶撕成块状，倒入热油锅里爆炒，不一会儿就起锅了。阿姐炒的高丽菜青白相间，每片菜叶仍然坚挺鲜艳，不似我煮的枯黄萎靡。我吃了一口，质嫩甜脆，没有潲水味，的确好吃多了。

阿姐说：“这高丽菜要大火快炒，断生即可。”

后来知道，所有爆炒时鲜蔬菜均应断生即可，火候要掌握到既保持蔬菜的鲜艳脆嫩，又无生涩味，八分熟就好了。

断生即可，是历经烟火才有的娴熟、老到与干脆。

有段时间常加班，几个同事便一起到单位楼下的小炒店用晚餐。有一道菜叫虎皮煎椒是大家必点的，刺激爽口又下饭。小店的灶台在入门处，饭前，我喜欢站在旁边看厨师炒菜。问起虎皮煎椒的做法。厨师说，关键在于油滑。青辣椒油滑，以椒皮起皱变黄生“虎皮”即可，断生为度。

厨师还告诉我，需要油滑和焯水的食料，一般都以断生为度，因为经油滑、焯水后，还要回锅正式烹调。如果焯太熟或滑太透，菜肴质地就会变得老硬或散碎不成形，颜色变暗，失去鲜味。若达不到断生，就会影响后期烹调时间，要不就是太生，异味除不净，要不就是太过，口感差了，皆影响成菜质量。

看来，这位师傅是断生高手。

一次厨师不在，是老板娘给我们炒的虎皮煎椒。同事 A 夹起一块咬了一口后，就放在同事 B 的碗里，说不想吃。我夹了一块吃，原来是火候过了。老板娘无断生之术，青椒失去鲜甜。

饭后，同事 B 私下对我说：“ A 怎么能这样，竟把不吃的咬过的菜给我吃。”

大家都知道，同事里就 A 和 B 走得最近，亲如姐妹。可在人后，她们之间却互相说对方的坏话。我想，是她们走得太近，太熟悉对方了，以至于言行都不顾及对方的感受。

其实，人与人之间的交往也一样，应亲疏有度。太生，毫无交情，只是陌路；太熟，容易互相牵扯，反成负累。断生即可。

敬畏之心

文 / 阿源

生活只有在平淡无奇的人看来才是空虚而平淡无奇的。

——车尔尼雪夫斯基

到单位楼下的一家面馆吃汤面。店堂挺大的，可位子已满。店堂的一角，有三个店员坐着，一人将面条一份份分出来，另两人把每份面条置于手掌中揉搓片刻后再放下。

我问："面条为什么还要揉？为何不去厨房帮忙，好给客人腾出位子？"正在揉面条的一位阿姨说："这面条我们给它揉顺了，才好吃。"那位在分面条、貌似店主的男人说："这样揉一揉，面条吃起来更糯软筋道，祖传秘方，不能偷工，这是对美食的敬畏！"

敬畏？这词从一个小吃店的老板嘴里脱口而出，让人吃惊。我回来问了一位厨师朋友。朋友认为，店主说得玄乎了。但潮面下锅前揉一揉是有道理的，一是把粘在面条上的干粉抖掉，否则焯时汤会浑，甚至焦底；二是揉搓抖动，能把粘连的面条松开，也增加些力道。原来如此。难怪我在其他店吃拌面时，有时会吃到粘在一起或很糊的面。而这家店，面条根根干净，吃起来筋道爽口。

不管店主说的是否玄乎，他对待面条的态度的确是认真而敬畏的，他和店员占据位子慢慢揉面，让客人看着做面，也是生意好的根源。

刘克襄是台湾一位鲜明地敬畏食物的生态作家。他认为，买回来的水果，如果你尊重它，按照它生长的方式挂放，并跟它说清楚准备食用它，那它就会保鲜很久。他说："如果你放巴赫和莫扎特的音乐给水果们听，过后，这些水果吃起来会更甜！"作家说的比店主说的更玄乎，但我愿意相信他说的。如果一个人对准备享用的食物有了敬畏之心，自然不会暴殄天物。

母亲每回要宰自养的鸡时，口中总是念念有词。问她念什么？她说，给鸡说些好话，安慰它一下。后来我主刀放血时，我也念。母亲说："你说了没用。喂养时我跟它说的都是闽南话，杀时也得说闽南话，你跟它说普通话，它哪听得懂？"我笑喷。但我知道，母亲是敬畏她所喂养的家禽的，这是对生命的敬畏。

如果你总嫌这也不好吃那也不好吃，也许并非食物真的不好，而是对食物没有敬畏之心让你的味觉钝化了。一样的，如果你总感觉不到生活的味道，那一定是你对生活缺乏足够的敬畏之心。而如果对生命丧失了敬畏之心呢，那么这个社会的味道也会变。

人当如姜

▶ 文 / 用手指走路

细节的最高境界是追求完美，在这个过程中你要做的就是比对手多走一步。

——余世维

以前有位同事忌姜，只要菜中有姜，他就不吃这道菜。也许因奇怪的忌口养成了其偏执的性格，同事们都不喜欢他，后来他因适应不了职场而离职。

我为其可惜的是，现在几乎无姜不成菜。不吃姜，这辈子不知要与多少美食绝缘。

譬如，我常去吃早餐的一家小吃店，一道牛肉汤就将生姜用到极致。牛肉汤早已煨好，店主舀一碗至锅里，开火加热。加热时，她拿一片铁皮磨具，取一块生姜在上面磨。足有一个拇指头大小的生姜就全磨成粉末撒到汤里。汤一开，立即起锅。一小碗汤，就下那么多姜粉，若被那位忌姜的同事见了，恐怕再也不会踏入这家店半步。

但这汤真是鲜美呢——辛辣浓烈，鲜香异常。一碗这样的牛肉汤下肚，全身都舒服起来。

我对生姜最早的记忆，是当药。小时候受了风寒，母亲就用小石臼捣烂生姜，放置搪瓷杯里加水加红糖，放入灶肚里煨。姜性“煨出”后，母亲端来让我趁热喝。姜汤喝完，汗出如浆，豁然病已。

用姜防晕车，也是母亲教我的办法。以前我会晕车，到小镇读初中时，车到半路就晕得一塌糊涂。后来，母亲让我在乘车前切一片生姜，贴在左手腕横纹上方缚紧，果然晕症大解。

学会将生姜用于菜肴里，则是耳濡目染于父亲的厨艺。父亲认为，姜用于热油锅爆香应用拍，煎鱼或煮海鲜则切丝，拌粉腌牛羊肉应剁末，用于炒蔬菜则切片。还有，在我们那儿，煲土鸡汤一般不用姜，因为家养的土鸡腥味较少，下姜则影响鸡汤的香甜。

不过，坊间有一味黄焖鸡，则是用足了生姜。那是好几块整大块的生姜略微拍裂后在油锅里爆香，再下鸡肉炒翻炒至出油，下糖、生抽、豆瓣酱及调味炒香后，再下汤水煮开，移至砂锅里焖至收水。因姜块的确下得多，有食客会戏谑“姜比肉多”。虽是如此，可也因姜多，使这味焖鸡味道极佳，令人咂嘴舔唇。

姜还可做“主菜”呢！我常买些芽姜，切片放置罐子里用醋、糖腌几天，拿来配早餐，据说很养生。但我主要享其味，酸而辛辣，味觉一醒，一天清醒。

姜可去除肉食中的腥膻味，又可增鲜添香。而对一些性凉蔬菜，姜也能降尊纡贵，油爆后清炒可促其平衡。所以，姜总能在菜肴中立于不败之地。

人也当如姜。多做锦上添花之事，必能左右逢源。若您能力出众，亦可学姜那般，祛的是风寒邪气，扶的是人间正道，能为大局披肝沥胆。如此，在人生的这盘菜上，您何愁不能烹调出绝佳美味呢？

早点慢点

▶ 文 / 用手指走路

没有自由的秩序和没有秩序的自由，同样具有破坏性。

——西奥多·罗斯福

几个同事，早点是带到办公室来吃的。早餐在办公桌上吃，没有一点可取之处。因是携带，品种单一，营养缺乏；同事们都在上班，你在那稀里哗啦喝粥，影响别人，也不利于自己——被领导看到了肯定没好印象；还得快速吃完，对消化系统是个折磨。

同事就问我早上吃了什么。我说，吃了十余种东西。他们不信，因为他们只喝稀饭或牛奶配鸡蛋或面包，就让他们把早晨弄得跟打仗似的。我要弄十几样东西来吃，怎么可能？

我就掰着手指数给他们听：糯米、黑米、薏米、芝麻、花生、黑豆、豇豆、桂圆、莲子、红枣和核桃，还有青菜、鸡蛋，还有牛扒或培根。同事惊呼："你一个早上煮这么多东西吃，麻不麻烦呀？怎么来得及上班？"

其实并不麻烦。我在头天晚上入睡前，就把前面说的杂粮与干货一齐放入功率不到200瓦的陶瓷电炖锅里，加水插电就可以了。第二天起来，不必下糖与其他调味，就是香甜糯软的一锅八宝粥。利用粥放凉的时间，煎个荷包蛋、炒一盘绿叶蔬菜。若还有空时，可以再煎一块牛扒或几块培根。这样弄一个早餐，不过是早起半个小时而已。

其实，早餐比中晚餐重要！有人调查发现，凡是肯花时间做早餐和按时吃早餐的人，大多一整天精神饱满有活力。而那些爱睡懒觉，不吃早餐或很迟很随便吃早餐的人，大多身体或精神状态不良。他们还引用专家的研究结果，说人体每天8点后若还不进食，就会开始吸收胃肠道里的垃圾和毒素。长此以往，身体怎能好？

不过，我更多的是享受从容慢品早餐的那一份心情。我认为若没有充足的早餐时间，即使懒觉睡得再好，都会影响一天的精神。我曾去过一间叫“慢点”的广式早茶馆，发现在这里吃早餐的，才是懂得生活的人。这里的早点竟然有三四十种之多，大家吃吃聊聊，聊聊吃吃，不花上一两个小时不会收场。

在这里吃早餐的人，并非赋闲人员，反而是每天要处理很多繁杂事务的各界精英。因为他们知道，工作中的活力与干劲是在清晰明理的头脑中顺应而生的，而一日里的优雅从容就当从慢食早餐开始。

慢点，慢点，让我们先吃好了早点，再去迎接一天美好的生活吧！

第三辑

Chapter Three

唯美阅读

Weimei Yuedu

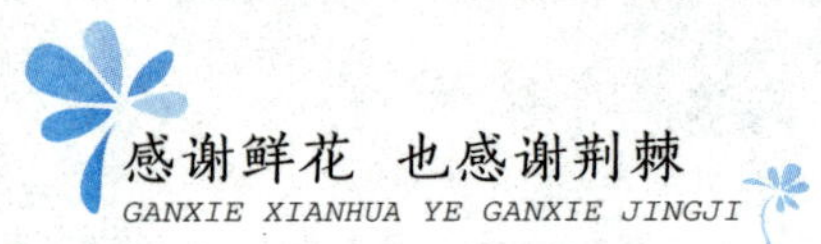

堂上椿萱雪满头

文 / 用手指走路

> **灵魂最美的音乐是善良！**
>
> ——罗曼·罗兰

爱人从早市买回一把香椿，只见用一根红色的塑料绳缚着，叶厚芽嫩，绿叶红边，犹如玛瑙翡翠，很是养眼。我捧过来闻了又闻，那股特有的芳香扑鼻而来。这是春天的气息，大自然的味道。

烹调香椿，我一般拿来炒蛋或煎蛋。前者是将香椿下沸水稍焯后，捞出投凉切碎；鸡蛋打散炒成块，再放入香椿末炒匀，加入精盐入味即可；后者则将投凉后的香椿切得更细碎些，与蛋液、盐、料酒拌成蛋糊，用平底油锅将蛋糊摊煎至两面呈焦黄即可。虽然异曲同工，但我觉得，如果后者煎得好些，吃起来比前者更加鲜嫩芳香。

我是有好些年没尝过香椿煎蛋的味道了。

前些年，爱人在小区门口开了间便利店，在店门口支了个锅台，三餐就在锅台煮。小店的对面是一户小院落，长着一些绿树，其中有一株是香椿，枝叶伸出墙外来。南方春来早，每当雨水才过去几天，香椿树便开始绽出嫩芽。有一天清晨趁没人注意，我便偷偷地采了一把来。然而欲盖弥彰，大清早在店门口炒香椿，其实那味道整个小区都闻得到。

将香椿炒蛋配早餐吃下去后，我心里才忐忑不安起来。听说香椿树的主人是个独居的脾气怪戾的老头，左右邻居背后都叫他为老孙头，当面都不爱搭理他。我真担心这老孙头会冲过来斥责我偷采他的香椿。但没想到的是，第二天傍晚老孙头竟然采了一大把香椿送过来，还说："想吃，就不要偷偷的采，尽管从大门进去采，大门都没关呢。"

他这么一说，我反倒不好意思了，忙让座递水，与他攀谈起来。知道老孙头的老伴前几年去世，唯一的儿子又长年在上海工作。他舍不得这幢老房子，才没随儿子去上海。

老孙头告诉我说，他儿子特别喜欢吃香椿，喜欢拌豆腐吃。就是豆腐切块，放锅中加清水煮沸后滤水，然后切成小块。把香椿焯水后切成碎末，加盐、酱油和麻油，拌匀后浇在豆腐上，再用汤匙轻轻拌一下，即可舀着吃。我依着做了一回，果然别有一番风味。

老孙头还说，谷雨过后，椿芽就老了，不能吃了，让我趁嫩时去采来吃。

但我始终再没机会去老孙头的香椿树上采椿芽。因为每隔几天，老孙头都会采一把送过来。那几年的春天，我们都品尝着免费的香椿。

直到那回老孙头病重了，他儿子硬要将他接去上海。他儿子回来那天，过来我店里买烟，和我聊了几句。聊起他们院里的那株香椿树，他有些激动地说："那是我才十几岁时，父亲听说我爱吃香椿拌豆腐，硬是花高价从别人那移植过来的。那时的树，还没我人高呢！"

在古代，椿是父亲的象征。"堂上椿萱雪满头"，我突然就明白了这句诗的意思。

声音是看世界的另一只眼睛

▶ 文／孙一闻

天才，就其本质而说，只不过是一种对事业对工作过盛的热爱而已。

——高尔基

一位通讯员拿着厚厚一叠照片，来报社投稿，我接待了他。

一张张翻下去，很遗憾，大部分照片质量很差，很多照片模糊不清，有的是拍照时手抖动了；有的是没有对焦，虚了；有的根本就没有取景，画面杂乱无章，似乎是随手拍下的。

他是我们报社的老通讯员了，拍照的水平还可以啊，怎么这次拍的照片都这么差？他看出了我的疑惑，解释说，这些照片不是他拍的，而是盲校的孩子拍的。他告诉我，为了让盲童们感知世界，学校特地组织了十几个孩子，拿着数码照相机，走上街头，凭着听力捕捉瞬间，拍摄身边的世界。于是，就有了这组照片。

凭借听力拍照？这可是第一次听说。我再次端详着手中的照片——

这是一张背景很乱的照片，人头攒动，是大街上我们经常见到的场景。他指着照片说，这是学生小丽拍的。当时，她拿着照相机，站在热闹的街头，到处是嘈杂的人声，她紧张得不知道该怎么办。忽然，她听见人群中有个孩子在惊喜地喊奶奶，紧接着，她听见祖孙两人快乐的笑声。她将照相机对着笑声的方向，摁了下去。小丽为她的这张照片取名为《街头的快乐女生》。听着他的解说，再看照片，乱糟糟的画面突然活了起来，我从那些奔走在街头的脸谱中，找到了隐约可见的两张笑脸。因为没有取景，这两张笑脸一点也不突出，被淹没在了众多漠然的表情中。但那确实是两张笑脸，如果你仔细听的话，仿佛还能听见她们的笑声。

他翻出另一张照片，这是一个叫海涛的学生拍的。照片的主景，是灰色的地面，和一溜快速走动的双腿。他告诉我，与别的盲童不同，海涛不是先天性失明，而是五岁那年，因为一场意外的事故，失去了双眼，在他的脑海中，还留存着这个世界的影像。为了治好他的眼睛，他的父母几乎倾家荡产。站在街头，海涛将他手中的照相机镜头，对准了路面和那些疾走的脚步。我们已经习惯了那些急促的脚步声，从一个地方，奔向另一个地方，在这个忙碌的街头，谁还会在意你匆匆的脚步呢？谁又会停留下来听听自己的足音？盲童海涛却为我们听见了。有意思的是，他让老师为他在照片背面题名《慢》，他是希望我们成人的脚步，能从容些吗？

通过通讯员的解说，那些拍摄质量很差的照片，忽然变得生动起来。这些照片，都是盲童们通过他们的耳朵听下来的，我们在用眼睛看的时候，如果也能竖起耳朵听一听，也许感觉就会迥然不同。

有一张照片，拍的是一堆杂乱的树枝，树叶已经落得差不多了，显得光秃秃的，画面看起来一点也不美感。可是，当我竖起耳朵的时候，我听

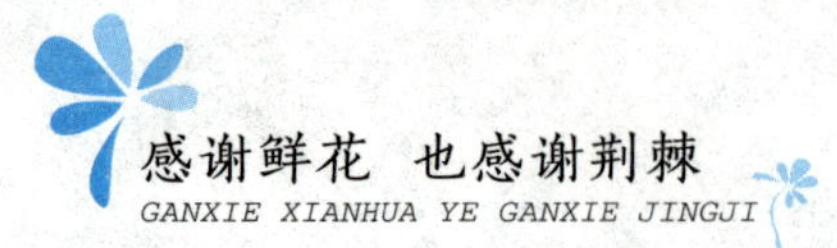

见了树枝上，一只燕雀的歌声。我已经多久没有听见城市上空，小鸟的鸣叫和它振翅的声音？

有一张照片，是一堵墙脚，一只小狗，跟在另一只小狗的身后，前面的小狗，头和半个身子已经跑出了画面。看着这幅照片，我哑然失笑，后面那只小狗屁颠颠的样子，也许急得哇哇叫吧。

还有一张照片，看上去模模糊糊，分辨不出是拍什么的，估计是哪个孩子摁错了快门吧。通讯员却解释说，这是学生小勇拍的天空。天空？那么，他听见了什么？是小鸟的鸣叫，还是飞机的声音？是风筝的哨声，还是呼啸的北风？

……我一张张翻看着，我被孩子们凭借声音拍出来的照片，深深吸引住了。这些孩子，他们看不见这个世界，但是，他们却清晰地听着这个世界，听见了它发出的每一个细微的声音。声音，那是他们看世界的另一只眼睛。而透过声音看到的这个世界，也是如此美丽，让人迷恋。

天上飘下来的礼物

▶ 文 / 孙一闸

金钱比起一分纯洁的良心来，又算什么呢？

——哈代

收衣服的时候，发现一个衣架子是空的，探身往楼下一看，果然又被风刮到楼下去了。

喊儿子，去，到楼下林奶奶家的院子里，把掉下去的衣服拣上来。

儿子愉快地答应声，蹦蹦跳跳地下楼去了。

风大的时候，晾晒在阳台上的衣服，常有一两件会被刮到楼下。一楼的林老太太，人有点孤僻，不太好说话。记得刚搬来的时候，一次衣服刮到她家院子里去了，我下楼敲门，想进她家院子，拣一下。敲了半天，老太太连门都不肯打开，“你到院子外去拿。”最后，从猫眼里钻出这么一句。我绕到南边的栅栏外，看见掉下去的那件衣服，已经被扔到栅栏外的草地上。看着皱巴巴的衣服，心里真不舒服。

奇怪的是，儿子倒是和楼下的林奶奶，挺投缘。那天，又一件衣服掉楼下院子里了，我看看，离栅栏不远，估计拿根竹竿就能挑出来。我让儿子拿根竹竿下去挑挑看。儿子趴在栅栏边，用竹竿往里钩衣服的时候，林老太太突然走进了院子，儿子吓得不知所措，我站在阳台上，也很紧张，担心老太太会训斥儿子。没想到，老太太弯腰将衣服拣起来，隔着栅栏递给了儿子，隐隐约约听见她说，下次衣服再掉下来，你就从我家进来拿，好不好？儿子点点头。

就这样，衣服再被风刮到楼下的院子里，都是儿子去拣。

儿子似乎也挺乐意干这活。每次下去拣衣服，都要好大一会儿才回来。问儿子，在林奶奶家都干什么了？林奶奶喜欢清净，不要打扰了林奶奶。儿子歪着头，没有啊。林奶奶可喜欢我了，跟我说了好多话。林奶奶告诉我，他孙子跟我差不多大呢，可是，她只看过他的照片，他孙子在美国，还从来没回来过呢。

关于林老太太，我也听社区工作人员谈起过。他们告诉我，林老太太唯一的儿子在美国，很多年没回来过了。老伴去世早，儿子出国后，老太太就一个人生活。退休后，生活更孤单了，常常一个人闷在家里面，跟外面的联系，越来越少了，人也变得越来越孤僻。原来是这样。难怪那次我去敲门，她连门都不肯开。社区工作人员说，你们住她楼上，帮我们留意点，也尽量给老人点照顾。我点点头，又摇摇头，真不知道，怎样帮这个孤僻的老太太。

有时候，我会问问儿子，楼下的林奶奶，生活得怎么样啊？儿子想想，说，林奶奶看到我的时候，是很开心的啊。

一次，儿子下去拣衣服，回来的时候，手上多了一把花花绿绿的糖果。儿子说，这是林奶奶给的，是林奶奶家的叔叔，从美国寄回来的。儿子还自豪地说，还帮林奶奶念了信呢，是叔叔写给林奶奶的。

儿子手上拿的衣服，叠得方方正正。儿子说，我们家的衣服掉下去后，林奶奶拣起来后，帮我们又洗了下，晾干了。

我的心里酸酸的，感动。

我们和楼下的老太太，仍然没有什么来往。我们的儿子“蹬蹬蹬”地下楼，又“蹬蹬蹬”上楼。他快乐的像一阵风。有时候，从楼下林老太太的家里，会传来“咯咯”的笑声，一个童声，另一个很苍老。

春节，我们一家回老家去了。回来时，才听说楼下的林老太太，突然去世了，据说是无疾而终。我注意到，儿子的眼圈红了。

人们在整理老人的遗物时，看到了一个日记本，记录下了她最后的日子。基本上是流水帐，但是，老人在日记里多次提到，从楼下刮下来的衣服，以及下来拣衣服的小男孩。老人的日记里，反复出现这样一句话：“那是从天上飘下来的礼物。”

我明白老人的话。那也许是老人孤寂的生活里，最后一点期盼。

一只肉鸡的科学一生

文 / 问道

人类在对待低级动物和处理人与人之间关系问题上，总是存在着相似之处。

——斯宾塞

一枚鸡蛋，与众多的鸡蛋一起，被放在一只孵鸡机里。经过 21 天的电孵化，雏鸡出壳了。它的出生和它的身世一样，都是科学的产物。没有鸡窝，没有母鸡温暖的怀抱。除了电孵化之外，煤油、沼气等等，都是今天用来孵化鸡的科学手段。

第 1 天。电灯光会在几个小时内，将它的绒毛烘干，不需要阳光。如果一只雏鸡鸡头鸡脑地寻找阳光，它一定会失望的，身为一只肉鸡，它这一生，见到太阳的机会几乎为零。好在它会很快适应这道科学的光芒。摆在它面前的，是一盘用玉米粉和复合维生素 B 液混合的饲料。一只雏鸡不会明白什么叫复合维生素 B 液，这没关系，一只肉鸡并不需要学习。

第 2 天。饲养员会给它注射一针马立克氏疫苗，这基本上可以确保它的短暂的一生远离瘟疫的威胁。这一点很重要，那些农家散养的土鸡，就从来享受不到正规的现代医疗保障，鸡瘟是常事。这就是科学的大型养鸡场的优势。

第 3 天。雏鸡们的翅膀已经能够扑腾了，它们快乐地扇着绒毛未脱的羽翅。它们不知道，这将招来断翅之痛。饲养员将它们一只只捉住，“喀嚓”一声，将它们的翅肘关节给剪断了。这辈子，它们再也扑腾不起翅膀了。一只肉鸡嘛，你就不要做天鹅梦了。

第 4 天。饲养员拿来了另一个针管。我相信雏鸡和孩子一样，都害怕打针，不过，亲爱的雏鸡们，害怕是没有用的。这支名叫一针肥的针剂，将令你们这一生不但健康而且能够茁壮地长肉，在养鸡场，一切以鸡为本，一切也以肉为本。

第 6 天。雏鸡的食物开始发生变化，除了玉米粉之外，还有菜叶等绿色食物，这令雏鸡们胃口大开，如果雏鸡们认识字，一定更加开心，因为在它们的食谱中，还添加了一种用 0.5% 穿心莲溶液、0.2% ~ 0.3% 大蒜溶液或 100 倍活力 99 生酵剂混合成的“高效保健促长液”，嘿嘿，这可是保健品哦。

第 8 天。正在长大的雏鸡们开始玩耍嬉闹，你啄我一口，我挠你一爪，十分开心。是给它们断喙的时候了。每只肉鸡都难逃此厄运，它们长长的鸡喙将被切掉三分之一。断喙是为了杜绝渐渐长大的肉鸡们互相啄趾、啄羽的恶癖，安心地将精力都用来长肉吧，这才是你们的事业。

第 25 天。鸡们茁壮成长，很快进入了青春期。它们的羽毛开始变色，鲜红的鸡冠也冒了出来。鸡们开始骚动，它们开始谋划一场轰轰烈烈的爱情，没有白纸写情书，那就刨刨地，画张约会图吧。如果你是一只小公鸡，这可不是个好兆头。一把锋利的手术刀，会在几秒钟之内，将你就地阉割，以确保你的处子之身，也彻底杜绝你这一生谈婚论嫁的非分之想。

第 45 天。现在，肉鸡们基本上已经长成，他们饱食终日，无所事事、一心一意地长着肉。它们长着翅膀，连扑腾都扑腾不起来；它们长着爪子，从来也没有走出过鸡舍；它们长着眼睛，连阳光都没有见过。它们所有的念头都湮灭了，埋头长肉。可是，对一个真正懂得科学养鸡的人来说，这还不够，它们的膘还不够肥，还不能卖出足够好的价钱。于是，他会进行最后一搏，拔掉肉鸡鸡翅上的长管羽毛，以将能量集中在长肉出膘上，就像给树苗打叉一样。据说这种科学的“拔毛助长法”很管用，被拔掉长管羽毛的肉鸡，每天能长肉 50 多克。至于肉鸡们，“个个”地惨叫几声，会很快淹没在钞票的哗哗声中。

第 60 天。肥硕的肉鸡们，出栏了。它们被送到了各个菜市场，它们不会走得太远，菜市场离人类的厨房很近。

第 61 天。在清扫鸡舍的时候，人们发现了一枚鸡蛋。看来，一定有一只肉鸡还是偷偷进行了一场恋爱。饲养员笑笑，将鸡蛋放进了一筐鸡蛋中。这枚鸡蛋，很快会被送进孵鸡机里，开始它的一生。

补丁也可以绣成花朵

文 / 问道

人啊，你要有善良的心，丰富的心灵，高贵的灵魂，这样你才无愧于人的称号，你才是作为真正的人在世间生活。

——周国平

拐角凹进去一段，就是她的舞台。她在这里摆摊织补，已经好几年了。

每次路过，都能看见她，坐在凹槽里，埋头织补。身边的车水马龙，似乎离她很远。她很少抬头，只有针线，在她的手上不停地穿梭。

这里原本是一个城乡接合部，这几年城市西迁，这块地也跟着火热起来，到处是建筑工地。上她那儿织补的，大多是附近工地上的民工。衣服被铁丝划了个口子，或者被电焊烧破了个洞，他们就拿来，让她织补一下。也不贵，两三元钱，就能将破旧的地方织补如初。如果不是工服，而是穿出去见人的衣服，她会更用心些，用线、针脚、纹理，都和原来的衣

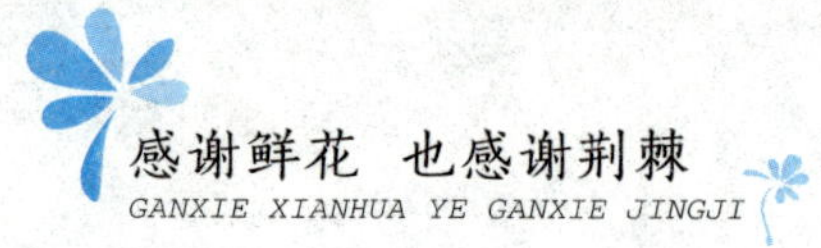

服一样，绝对看不出织补过。

从她所在的拐角，往前百米，是一所学校。我的孩子，以前就在那所学校读书。每次接送孩子，都必经她的身旁。也就对她多留意了点。

一天，妻子从箱底翻出了一条连衣裙，还是我们刚结婚时买的，是妻子最喜欢的一条裙子。翻出来一看，胸口处被虫蛀了个大洞。妻子黯然神伤。我的眼前，忽然浮现出她的影子，也许她可以织补好。

拿过去。她低头接过衣服，看了看，摇摇头说，洞太大了，不好织补了。我对她说，这条裙子对我妻子意义不一般，请你帮帮忙。她又看了看裙子。忽然问我，你妻子喜欢什么样的花？牡丹。我告诉她。她看着我，要不然我将这个洞绣成一朵牡丹，你看怎么样？我连连点头，太好了。

她从一个竹筐里，拿出一大堆彩色的线，开始绣花。我注意到她的手，粗大、浮肿，一点也不像一只绣花的手。我疑惑地问她，能绣好吗？她点点头，告诉我，以前她在一家丝绸厂上班，就是刺绣工，后来工厂倒闭了，她才开始在街上摆摊织补。我原来绣的花可漂亮了。她笑着说，原来的手也不像现在这么笨拙，在外面冻的，成冻疮了，所以，才这么难看。

正说着话，一个背书包的女孩，走了过来。以为女孩也是要织补的，我往边上挪了挪。她笑了，这是我女儿，就在那边的学校上学。女孩看看我，喊了声叔叔，就放下书包，帮她整理线盒，很多线头乱了，女孩就一根一根地理清，重新绕好。不时有背着书包的孩子，从我们面前走过。有些孩子看来是女孩的同学，她们和女孩亲热地打着招呼。女孩一边帮妈妈理线，一边和同学招呼着。脸上挂着浅浅的笑容。

我好奇地看着女孩。她的稚气的脸上，已经三三两两冒出青春的气息。她似乎一点也不在意，她的同学看到她的妈妈，是个街头织补女。这出乎我的意料。我有个同学，就因为长相土了点，苍老了点，他的儿子从来不让他参加家长会，也不让他去学校接自己，男孩认为，自己的爸爸太寒碜了，出现在同学面前，丢了自己的脸。

我对她说，你的女儿真好。她看看女儿，笑着说，是啊，她很懂事。这几年，孩子跟我们也吃了不少苦。女孩嘴一撇，吃什么苦啊，你和爸爸才苦呢。忙完了手头的活，女孩拿出书本，趴在妈妈的凳子上，做起了作业。我问她，怎么不回家去做作业。女孩说，我们要等爸爸来接我们，然后一起回家。

她穿针引线，牡丹的雏形，已经显露出来。这时候，一个中年男人蹬着三轮车过来，女孩亲热地喊他爸爸。我对她说，天快黑了，要不我明天再来拿，你们先回家吧。她摇摇头，就快好了。

路灯亮起来的时候，她终于将牡丹绣好了。那件陈旧的连衣裙，因为这朵鲜艳的牡丹，而靓丽起来。

中年男人将三轮车上的修理工具重新摆放，腾出一个空位子来，然后，中年男人一把将她抱了起来，放在了那个座位上。我这才注意到，她的下半身，是瘫痪的。女孩将妈妈的马扎、竹筐放好，背着书包，跟在爸爸的三轮后，蹦蹦跳跳地走去。

看着他们一家三口的背影，我拿着那件绣了牡丹的裙子回家。你完全看不出来，牡丹之处，曾经是一个补丁。

进城的蝈蝈

▶ 文 / 问道

善良的行为有一种好处，就是使人的灵魂变得高尚了，并且使它可以做出更美好的行为。

——卢梭

晚饭后，一家人散步。走到小区门口，被一阵密集的“唧唧——唧唧”声吸引。是卖蝈蝈的。

儿子嚷着要买一只。

路边停着一辆自行车，后座上左右两侧，捆着几百个小竹笼，每个小竹笼里，都装着一只蝈蝈。走近了，蝈蝈声更加急促响亮，此起彼伏，像没有指挥的大合唱。

卖蝈蝈的中年男子站在一边，卷起破了边的草帽，呼哧呼哧地扇风。

问价格，中年男子指着竹笼，用一口郊县山区浓重的乡音说，左边的每只三元，右边的五元。问缘故，男人回答，左边的是养殖的；右边的是从庄稼地里，一只一只捉回来的，叫声不一样的。

我好奇地问他，叫声有什么不同？

男子从左边摘下一个竹笼，这种蝈蝈叫声尖一点，细一点。你再听听这边的蝈蝈，说着，又摘下右边的一只竹笼，拎到我们面前，这种野生的蝈蝈，叫声粗犷一点，脆一点。我和儿子，都惊奇地竖起耳朵，左边听听，右边听听，“唧唧——”，“唧唧——”，似乎没有听出什么不同。

儿子选了一只野生的蝈蝈。

提着笼子，儿子高高兴兴，和他妈妈先回家去了。“唧唧——”，一只蝈蝈的叫声，渐渐远去，就像大合唱里，一个声音唱着唱着，突然跑了调，越跑越远。

我还想和卖蝈蝈的中年男子聊聊。这成了我写作以来的职业病。

我好奇地问他，那些蝈蝈，是怎么从庄稼地里捉来的？

他说，这些蝈蝈，都是他两个孩子捉的。男子看着我儿子的背影，比划着说，我的小儿子和你儿子差不多大，大女儿已经读高中了。这些蝈蝈，都是他们姐弟俩放学后，上庄稼地和灌木丛里捉回来的。

说着，他忽然咧咧嘴，嘿嘿笑着说，你看你们城里的孩子，多白嫩啊，我两个孩子，晒得都跟黑蛋似的。

我也傻笑笑，不知道该怎么说。

他告诉我，每年一到夏天，两个孩子就会利用星期天和暑假，到田间地头捉蝈蝈，运气好的话，一天能捉个三四十只。孩子的爷爷奶奶，则会早早编织好一些小竹笼，用来装蝈蝈。然后，他再骑着自行车，驮到城里来卖。不过，今年女儿升高三了，学习紧了，没什么时间捉蝈蝈了，所以，他才又从临近的养殖场里批发了点蝈蝈，一起拉到城里来卖。

说到两个孩子，中年男子黑黝黝的脸上，露出些许欣慰，他说，女儿的老师说了，这孩子肯学，明年考上大学应该没问题。这不，我得给她先攒好学费呢。

我问他，这些蝈蝈都卖掉，要多长时间？

他说，生意好的话，一天能卖三五十个，这些都卖掉，总要十来天吧。因为家离城里有一两百里远，所以，每次都要等全卖完了，他才回去。

那晚上住哪儿啊？我关切地问。

他指着不远处的一座桥说，这么多蝈蝈，太吵，住哪儿都不方便，我晚上就睡在桥洞下面。吵不着别人，还省钱。他憨笑着。

天渐渐黑了。不断有人领着孩子，好奇地走过来。

我对他说，我再买一只吧，免得那只蝈蝈落了单，孤独。

他帮我挑选了一只。

“唧唧——”提着笼子，我向家走去。家里，另一只蝈蝈，在“唧唧”地呼唤。我的家，会成为这两只蝈蝈在这个城市里的家吗？

几家灯火

▶ 文 / 戎装云

太阳是幸福的，因为它光芒四照；海也是幸福的，因为它反射着太阳欢乐的光芒。

——高尔基

假日返乡，到达村口时夜幕已经娴熟地统治了整个村庄。

提着不算沉重的行李包，走过大街，穿越小巷，感觉熟悉而亲切。路灯还未亮起，但从家家户户前窗和后窗里透射出来的光线足以让人识别前行的路。只是，这些灯光看上去有些刺目的僵硬，有些寒凉的荒意，让我不愿去用眼睛对视。

村子中央的一片广场之上，白色光格外耀眼，几个孩童正借助灯光拍打篮球。一种别样的滋味悄悄涌上心头，我知道，此时此刻，心中到底是怀念起儿时的灯火了。

那时候，父母就在这几个孩童打球位置偏东一些的地方开了一家小卖部，每晚的十点钟之后才会关门。再加上我家座落在村庄的最北端，需要走上好长一段的路程。所以，在上小学之前的记忆中，很多个晚上都是在父亲或母亲的背上一路颠簸着回家的。

那段时光里的灯火好温暖呀！爱迪生发明的白炽灯发散着红红的光芒，带着柔和的暖意，不像现在清一色的节能灯，白白的光亮不带一分的温情。当然，并非每一户人家都有光芒溢出，开启这“最省电”模式的原因很简单，一来时辰已经不早，二来就是为了少拿一些电费。几家灯火尽管显得有些稀落，却执着地昭示着村庄还未完全地睡去，夜色还未完全地冰冷，行人的脚步就不会慌乱，行人的心中就依然亮堂。

其实，在上个世纪八十年代，村里的电力供应不足，停电的时刻较有电的时间更为多些。那时候，人们都备着蜡烛和煤油灯的。电灯虽然瓦数不高，但其亮度还是远胜烛光的，而烛光的亮度又胜过了火焰如黄豆的煤油灯。不过，三者也有相同之处，那就是都向外散发着红色光芒。

记得有一年冬天，下了厚厚的雪，踩在上面吱吱作响。深夜我穿着母亲做的厚厚的“棉猴”（一种帽子与上衣连成一体的棉衣），趴在父亲的背上。行进到一个转弯处，父亲脚下突然一滑，我们父子俩差点都跌倒在地上。父亲就近用一只手扶住一棵老槐树，稳了稳身子，母亲也在后面稳了稳正带着几分惊悚而趴在父亲背上的我，并轻轻拍去衣服上面的落雪。就这样，在一个飘雪的夜晚，我们借着时明时暗、时断时续的灯火终于安全地回到了家中，然后取出火柴把一盏油灯点亮。

那是一盏简易的煤油灯，取一个空罐头瓶，在其铁盖上开一个小洞，插入一个里面放置了灯捻的细铁管，然后再把管子用螺丝等物固定在铁盖上，最后把煤油注入罐内，煤油灯就算做成了。

这一盏油灯照耀过我的房间，也照耀过我儿时的求知之路。它的微弱光芒曾经投射到我摊开在桌子上的课本和作业本上，当然也曾趁我不小心之际顽皮地点着我几根黑色的短发，发出吱吱的声音。此外，还多多少少会释放一些稍感刺鼻的气味。条件是艰苦了些，不过当时的人可是从未抱怨过的。比起以凿壁、囊萤等现在看来很“奇葩”的借光方式来读书的勤奋好学老前辈们，自己是何等地幸运呀！

于是，在一个个没有电力的夜晚，一张张数学题、一篇篇作文和习字就在这样的光亮和气味中完成，然后在第二日的上午交到收查作业的小组长手中。

在这样的夜晚，手影也是一个百玩不厌的游戏。可以一个人玩，双手配合，时而变猪头，时而变鸭子，时而变大象，花样不断翻新。相较而言，两个人玩则更为热闹一些，你扮山羊前面跑，我扮老狼后面追；你扮兔子地上跑，我扮老鹰天上飞，玩得不亦乐乎。

村里其他人家的煤油灯与我家的制作方法大同小异，光亮也不甚足。然而，也正因如此，光芒才显得格外带有温馨的柔意，让人可以直视，可以在心中燃起同样的一盏温暖的光亮。

或白炽灯，或蜡烛，或煤油灯，在只有狗吠和驴叫飘荡村庄的漫漫长夜，几家灯火的红光飞出了木格窗，飞出了小庭院，飞到了影影绰绰的街巷里，也永远飞落在日渐遥远的回忆中，供我怀想，给我暖意，伴我走过一个个新的春夏和秋冬。

夏天的雨

▶文 / 戎装云

急雨才收翠色新，长青树上露沉沉，迷蒙白雾轻如许，欲上秋空作暮云。

——寂莲法师

春雨轻柔如纯情少女，秋雨萧瑟似沧桑老者，唯有夏天的雨最具盛年男子汉的阳刚之气。

接连几日的晴好天气，天穹上的太阳每日都按时给人间下上一场看不到光焰的热火。牛羊慵懒地卧在牲口棚里不再作大幅度地动弹，狗伸出舌头缓解高温带来的不适，草木的叶子坍缩着进入了“节能模式”，而枝叶浓密处的蝉则扯开了嗓门高调地宣称“知了”夏日的炎热。大街小巷，人影稀少，摔碎在路面上的阳光白花花地晃眼，足蒸熟土气，似乎赤脚踩在地上瞬间就能烫出一个血泡来。

如此下去，田中的禾苗就会有被晒焦的危险了。去村外田间探看庄稼旱情归来的年轻人汗水涔涔，现出一脸的焦急，浓荫下手持蒲扇的老人却道，这样的艳阳天不会持续太久，老天爷也会有疲惫的时候。

果不其然，晌午一过，一阵风起，搬运来了几片云朵。云层在持续加厚很快积聚成满天乌云，并渐渐有压顶之势，闷得让人喘不上气来。风骤然加大，闪电在云层中腾跃伸缩，厉雷轰鸣回响不绝惊动了天地，最后登场的暴雨倾盆而至。

暴风骤雨之中，小树被刮得东倒西歪，老树上一些枯朽的枝干则被吹断落地，屋顶上的雨水超越了青瓦夺路而下，俨然一条条争相奔泻的瀑流。街巷的平地上，一朵朵美丽的水花扩散开去，一个个别致的水泡起了又落，像极了童话里的世界。

从各家各户庭院中流出的雨水经小巷汇入大街，又在大街上一起向村外的小河沟流去。一时间，小河沟的水位暴涨，一路逼近小石桥的桥面。

村边公路上，来不及避雨的行人被淋成了落汤鸡，引来沿途屋檐下看雨之人的一阵畅笑。“落汤鸡”也笑了，露出两排洁白的牙齿……

这就是夏天的雨，下就下得刚猛有力，下就下得痛快淋漓。狂泻的雨势常让人想起赛场上的拳击手，运拳如风，挥拳如雨，端的是一番尽情地释放与挥洒。夏雨也常让人想起古代那些壮士，醉饮高歌燕市上，相逢一笑生春风。不仅脸生春风，还要抡起拳头在对方肩膀上重重地来上一拳，这是好汉之间最高规格的见面礼仪。

小河沟里的雨水终究是没有漫过桥面，一场夏雨来得迅疾，去得也不拖沓。一阵风雨大作之后，风势雨势明显地变小，一如高体力支出的拳击手需要中场的调息。

雨停了，街巷中的小水洼倒映着两边的红房子，几个孩童拿着扫帚跑来跑去，捕捉在水面上点水的蜻蜓。孩童一不小心踩在了水洼里，溅在腿

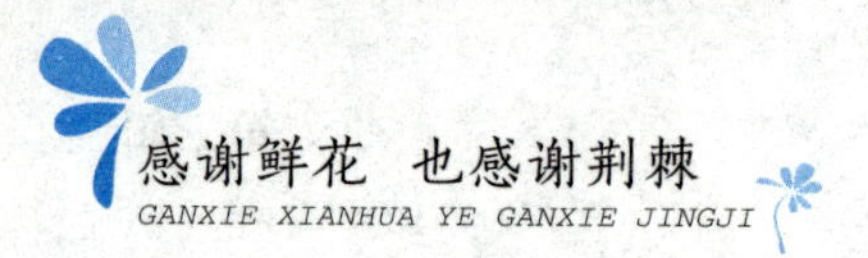

上的泥水还带着下雨前太阳炙烤的温度。一些同样不小心的蜻蜓被粘在挥舞的扫帚上，然后又被欣喜的孩童摘下。不过，孩童不会玩耍过久，很快蜻蜓就恢复了飞翔的自由。孩童们一定知道蜻蜓是益虫，只是不能确定他们是否也知道，这些益虫的祖先在石炭纪巨虫时代可是翼展接近一米的空中之王。

被雨水冲刷过的草木枝叶如新，田野里的禾苗贪婪地吮吸着甘霖，停步侧耳还能听到庄稼拔节的声音，而青蛙也不再保持沉默，演奏起整个夏日里最具规模的大合唱，唱在白天，唱在晚上。一场夏雨用自身的激情激活了万千生灵体内的蓬勃之气。

乘兴而来，尽兴而去，如此劲爆与奔放，这般疏狂和爽朗。若论英雄气概和男儿特质，夏雨决非那滋润万物细无声的春雨所能齐驱，也决非那一层水落一层凉的秋雨所能并驾。

一个人的山顶

文 / 张振民

劳动使人建立起对自己的理智力量的信心。

——高尔基

一座雄壮的大山，一个平阔的山顶，一片茂密的植被，一排整齐的石屋，一位矍铄的老者……我的关于太行的记忆和怀念就栖居在这一个个的“一”里面。

难忘那座大山。大山平行铺展在山村的东面，像极了拉开了的屏幕或展开了的扇面。起初，我称它为屏幕山，而与我同游的伙伴则称其为扇面山，直到后来从村民口中得知此山的真名——东寨山。据说曾经有一个生产小队在山顶建房驻扎，所以才有此名的诞生。

难忘那个山顶。那是一个可以肆意奔行的山顶，奔行于面积二百余亩的广阔空间会让你一时间觉得好像置身于茫茫的平地草原，竟然忘记自己身在一千多米的高山之上，唯有望到远山，望到断崖，望到山下的梯田和村落才能确定自己身处山之顶峰，才能确定脚下所踩的正是一个似乎传说中才会有的世外桃源。

深秋时节的山顶一片吐着白花的芦苇显得格外妩媚招摇，但占地更广的是更大的一片一米来高的已显枯态的野草。那日中午，带着热度的艳阳把我们驱赶到一棵高大的翠柳树旁。一向以攀爬技艺著称的伙伴爬上柳树掷下两个用柳条编织的帽子。后来，我们就戴着柳条帽身形随意地在柳树荫下的草丛里小睡，还做了一个轻盈如羽的好梦。

“棠梨叶落胭脂色”。有别于柳叶的青翠依旧，棠梨的叶子虽然未落，却已染上了一身的胭脂红。一棵棵棠梨稀稀疏疏地挺立在山顶的原野上，像一团团正在燃烧的篝火，而一簇簇的果实就在这一团团火中无声地悬挂着。一棵不知名的落光了叶子的小树枝头，搭着一个非常规则的半圆形鸟巢。鸟去巢空，那一窝曾经稚嫩的小鸟连同它们的父母都飞到哪里去了？它们没有飞到哪里去，你看不远处就有几只灰色的小家伙唱着婉转的曲子飞上了蓝天与白云戏耍。举目远望，西北面的危崖上一棵松树旁有一个鹰的巢穴，几头鹰在那里扑打翅膀起起落落。

山顶上更多的草木则是人工种植的，枣树林、梨树林、核桃树林以及还未被完全收割的谷子。那一字排开的八九间石屋就离谷子地不远，掩映在梨树林中，一律是木格的窗和带着木格的门。我和一觉醒来的同伴带着一脸的兴奋去拜访石屋的主人，却稍觉遗憾地发现，只有最西面的那两间房子是住人的，其他几间空空如也。石屋的屋顶呈拱形，正屋左侧开了一个可容一人进出的洞，里面是一张暖炕，一位六十余岁的老人刚刚从炕上起来。

笑脸相迎，主人拿出了一些枣子和梨子待客，客人则把随身携带的一些糕点留下。相谈甚欢，合影留念。走出石屋，在一个水瓮中用瓢舀水以把杯子灌满，那水清澈见底，实在无法想象竟是来自天上的无根之水。

休息片刻，主人打声招呼上了房顶，去收拾那铺在上面的一片谷穗。谷穗的中间已经有一个黄澄澄的谷堆，我与同伴就坐在高高的谷堆旁边，看老人驾驶手扶拖拉机拖动后面的石碾来把谷穗轧。老人驾驶的动作娴熟而专业，是我们远远不能及的，就这样，小小的房顶此刻却是一个名副其实的打谷场，如非亲眼所见实在难以置信。

老人说，的确曾经有一个小队在山上久住过，但人们早已下山去了，或回村庄，或出村庄去了远方的城市，近年来在山顶上坚守的只有他一人。哦，那么那满山顶的深秋乃至其他时节的果实当然也是他一个人的了。

听着老人的话，我仿佛看到了春天的山顶，五颜六色的野花开，一身洁白的梨花开，属于小微型却香气浓郁的枣花开，还有无数嬉闹的蜂蝶和鸟雀。面对这盎然的春意，老人是否会想起自己同样有过的烂漫的青春韶光？我仿佛看到了夏天的山顶，一团团乌云从某个方向压过来，挟着闪电，带着雷鸣，还有紧随而至的倾盆大雨，这样的夜晚，独居山顶的老人是否会因心生惊惧而辗转难眠？我仿佛看到了冬天的山顶，皑皑白雪覆盖了村庄，覆盖了远山，也覆盖了这整片的山顶，掩紧房门把风雪拒之门外，打开房门来看旭日升起，踩着雪层四处游憩，老人的心中是否会生出一丝的孤独与寂寥？而一年四季的每一个黄昏，当“景翳翳以将入”之时，老人是否也会“抚孤松而盘桓”？

我不知道，我只是在一个深秋的日子登临此山，并仅作了五个多小时的逗留，随后就再也不曾去过。我是在山顶没于一片草中，供我垫头做了一个梦的浅红色石头上，并且用小石子写过自己的名字，我同样不知道，那一块曾经与我亲密接触并吸纳过我的体温的石块上后来是否有鸟停过，有虫爬过，有花开过；我更不知道，这些年的雨水冲刷，那名字是否还在。

但我知道，老人比隐居的陶潜纯粹，比行走的李白安详，比参禅的王维沉静，也比“梅妻鹤子”的林逋充实。

守护一座山，需要持续的勇气，需要足够的毅力，老者永远让人敬佩，让人仰望！

孔子心和庄子气

▶ 文／张振民

当你再也没有什么可以失去的时候，就是你开始得到的时候。

——佚名

时近中秋，一场冷雨下过，天色已近黄昏。

邻居家的老榆树上，数只麻雀正梳理着翅膀下和尾巴上有些潮湿的羽毛，神情悠然而专注，还不时惬意地叽喳几声，像极了庄子眼中和笔下的风景。

天空，随风而动的灰色云层下，几只燕子在空中忙着捕食，再过不了多久，它们就要跋山涉水飞往南方了。用羽翼追求梦想丈量天下，一路奔波劳顿如当年周游列国的孔子。

麻雀与燕子，代表了两种不同的生存状态；庄子与孔子，代表了两种不同的人生哲学。

常常忆起老家的一位精神矍铄的老大爷，算起来他今年已经66岁了吧，都在城市上班的儿女曾无数次劝他离开农村一同居住却被他次次一口回绝。他吹的小曲隔着老远就能听见，他喜欢独自一个人漫步在乡间的小路上，看看大豆的长势，摸摸高粱的结节，听听蟋蟀的弹奏，望望远处的羊群，满心盛开的都是满足和愉悦。他是一个典型的村庄留守者，正如那群麻雀，只在村庄和村庄附近鸣唱，任寒暑易节春秋暗换。

只是，自然界中有界限分明的麻雀和燕子，当今社会特别是年轻一代中却很难觅到纯粹的庄周和孔丘。孔子的入世进取激励我们在事业的疆场上驰骋拼搏，庄子的出世无为却能给欲火过旺的心灵降温，降低飞行的高度，还心态以平和安宁。

有一位朋友，上班时被同事称为工作狂人，就连中午在单位吃午饭时与饭友谈论的话题都常是下一步的计划，计划一旦制订就不折不扣地执行。但一回到家就像变了一个人一样，脱掉工作装，换上休闲服，下厨做菜无不精通，摆弄花草无不在行，每逢假日常常开车带上家人流连于山水之间，登东皋以舒啸，临清流而小酌，即使不能远行也要起个早走出家门去广场上打太极或抖空竹，生活被他调剂得有张有弛有滋有味，人也活得抖擞高效。

怀一颗孔子心，染一身庄子气，在天作飞燕，落枝成麻雀，收放自如高下皆宜，既如君子般自强坦荡，又似隐士般自在逍遥。如此，日子就能演绎成一门生活化的艺术，一路前行的风景更是值得期待。

每个人都有一片种植园

文 / 张振民

善为至宝，一生用之不尽；心作良田，百世耗之有余。

——佚名

一个人在童年时期出现的一些行为往往离人类的天性最接近最靠拢，比如玩耍，又比如种植。

我至少在四五岁时就已经爱上了种植。觉得入嘴的一个苹果特别香甜，享用完毕后就把它的种子收藏起来，等待来年满怀憧憬地把种子种在春风春雨里。

除了苹果，我还种过桃、杏、梨以及李子等水果，它们有的因为种得太深而没能冒出地面，有的因为我浇水服务过于殷勤而腐烂在泥土中，但也有发芽生根甚至开枝散叶的，只可惜由于种种状况终是没有一棵树能够长大结果的。父亲每每见到我一脸的失望，总是这样安慰我——即使它们长大了，结的果实也特别小，要想吃到大果子，还需嫁接才行。

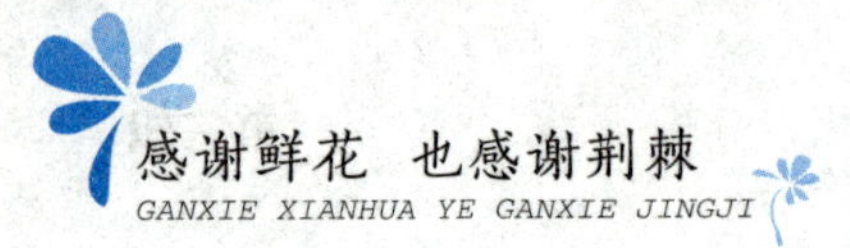

记得儿时的我还曾经秘密地把一些橘瓣中的籽粒植入土中，待学到《晏子使楚》这篇课文中“南橘北枳”的常识后才意识到当年种橘行为的可笑之处。

不止是种水果，那时的自己以及同伴们几乎是无树不种的。学校后面有一条清澈的小河，河岸上长着野生的榆树、槐树和枣树，放学回家之前的我们常常用力把一些小树苗拔出来然后移栽到家中。遗憾的是，因为仅有的工具是口袋里用来削铅笔的小刀，所以每一次的移植无一例外地成了“死亡转移”。

是的，尽管每一次回家后我们都是在第一时间挖好深坑，然后浇水，然后放苗，然后填土，然后用脚踩实……可是，这些根部受到严重损伤的小树先是枝叶无精打采地垂下来，然后则是叶子坠落、树枝干枯，最后，我只好悻悻地把它们连根拔起。

记忆中唯一种植还算成功的是一次种西瓜的经历。盛夏刚至，我把一些黑色的西瓜种子埋在窗前的一片空地上。没想到，几日之后在我早已不再对它抱有希望的时候，有一株幼苗拱开了泥土探出了头。之后，随着绿色藤蔓的越长越长，上面居然还结出了两个小瓜。待到中秋将近，这两个滚圆的西瓜已然成熟！尽管它们都没有长到先前的西瓜那么大，尽管瓜瓤红中带白味道并非很甜，但我还是吃得津津有味。毕竟是第一次吃到自己亲手种出来的果实，口里心里都是格外的甜美。那一年，我七岁。

那一次的成功体验于我而言至关重要，它让我明白了一条重要的人生哲理：种植不一定有收获，但是不种植一定没有收获。后来，由于栽种得法，我还种活了柿子树、核桃树和山楂树，至今它们依然葳蕤在我家旧的庭院中，收获时节果实依然挂满着枝头。

随着年龄的增长，才知道人生需要种植的不止是植物，还有更为重要的栽种物，比如友情，比如爱心，比如善念，比如宽恕，比如梦想，比如希望。而且，既然已经把种子植在了生命之田上，就不能让它轻易地枯萎掉，就要保持行动的连续性，就要不断地创造条件让所种之物在最恰当的时候生根发芽，最合适的时候茁壮成长，最需要的时候开花结果。

其实，在这个美丽而神秘的蓝色星球之上每个人都有一片属于自己的种植园，因为爱种植是人类的天性，也是人类超越其他生灵的一个重要的优势特征。所不同的是，播撒在园中的种子有异，管理的具体模式有别，于是，园中的风景也就难免会有所不同了。

人生需要些许豪气

▶ 文 / 张甜润

> **自强为天下健，志刚为大君之道。**
>
> ——康有为

生本不易，生存本身就意味着抗争，与天争，与地争，与人争，甚至常常还要与自己争。为了保证我们始终处于抗争的最佳状态，我们有必要存贮一份恒久的豪气在胸中。

拥有豪气让我们更加积极地面对人生的挫折。人生不如意事常有八九，路边的荆棘，未知的突至的风暴常常会使我们痛苦而畏缩不前，茫然而不知所措。无边的凄风苦雨会轻易窒息我们心中美丽梦想之火炬，吞噬我们继续坚毅前行的信念和力量。这时候，我们需要一份豪气，一份足以淡化伤痛的豪气，一份视困难为无物的豪气，阔步向前主动出击，蓄积“会当击水三千里”的壮怀，熔铸“一蓑烟雨任平生”的心态，把最坏的日子挺过去捱过去。

拥有豪气让我们轻易地走出自卑的谷底。每个人都有自己的闪光之处，同时也不可避免地有自己的不足之处，在某一特定时刻和场合，这些经过比较而意识到的不足常常会使我们猛然间陷入自卑的境地，心中出现无人可诉不可言说的伤，于是顾影自怜，于是有泪暗滴。这时候，我们同样需要用豪气之火来驱除自卑的阴霾来为自己的伤痛疗伤，为生命提供昂扬向上的持久动力，不再卑微懦弱，不再无助张望，不再自我贬低自我流放，从而顺利地走出情感的低谷，让自信的阳光再次高度地普照心田，让自己身上的力量获得成倍的增长。

拥有豪气让我们更加清晰地意识到自己是命运的主人。正如火山爆发的能量只能由自己去积累，人生航线的风景也同样只能靠自己去创造。世界上只有一个自己，只有自己才能最终对自己负责，只有自己才能最终成全自己的人生光彩。用豪气引爆自己身上的精神核能，荡涤内心滋生的顾虑和悲观，避开一些迎面袭来的嘲讽与打击，勇敢地展现真我的存在，做自己灵魂的船长，就能获得更大的前进的能量，对自己的人生航向指挥若定，虽九败而犹未倒，虽九倒而志犹存。

事实上，沧桑并不遗憾，苦难也并不可怕，真正遗憾和可怕的是没有面对沧桑与苦难的足够的勇气。贺拉斯说，“无论风暴将我带到什么岸边，我都将以主人的身份上岸”。就让我们带着一份豪情上路，使人生多一些阳光，多一些自信，多一些从容，多一些笑傲人生的傲气和底气。

终会明白，狂风吹过是一种壮观，骤雨淋体也是一种清爽。

选一种方式看日出

▶ 文 / 李红都

要从容地着手去做一件事，但一旦开始，就要坚持到底。

——比阿斯

假日里，我和朋友结伴去白云山看日出。为了在天亮前登上山中最高那座峰——玉皇顶，我们凌晨 3 点便坐车赶到山脚下。

山里的风很大，夜也很黑，却仍有不少和我们一样来看日出的游人早早地赶到这里。山脚下那家小商店的灯光划亮了漆黑的夜，就着灯光，我们看到几位身穿军大衣的乡民正在忙着向游客们出租棉衣和手电。附近有数名精壮的担夫，两两一组地抬着用藤椅扎成的轿子，不失时机地向我们招揽着生意：“坐哦，280 元送到山顶……”有一对衣着时尚的小情侣，穿上租来的军大衣，嘻嘻哈哈地交钱坐了上去。两顶竹轿从我们面前一晃一晃地擦肩而过。真是一种舒适的诱惑！

朋友问我："从这里到山顶，有4800个石阶。你能走动吗？如果不行，也坐轿上山吧？"我说："能，走吧。"

朋友笑笑，打开手电筒，拉着我的手，向山上走去。

两对轿子在后面紧跟着我们，担夫们时不时地向朋友吹着"耳边风"，说前面的山路如何艰险，夜，又是多么黑暗，甚至还主动向我们压价："200元，行了吧……180，坐哦？"朋友不吭声，拉着我的手只管往前走。时不时，有山风吹过，携着夜的寒气，让我们不由自主地裹紧了风衣，但这一切，都没有动摇我们亲自登上山顶的决心。担夫们有些失望地折身向后面的游人招揽生意。

深山里的景色，隐在漆黑的夜色中，除了手电筒照亮的路，四周的风景什么也看不清，这样也好。我们只一门心思地往上攀登就好，峰顶的日出，是心中唯一的诱惑。

踩着石阶，蹬着滑石，我们大步流星地往上走。走着走着，身上开始冒汗，想想这样既锻炼了身体，又省下了租棉衣和坐轿子的钱，不由莞尔。

上到青云梯的时候，我们和前面那两对坐轿上山的小情侣擦肩而过，之前健步如飞的担夫，此时也放慢了脚步，边走边急促地喘着气。我也同样，只感到腿像灌了铅似的，每迈一步，都异常艰难。越往上走，台阶越陡，我们只好走一段，就坐在台阶上恢复一下体力，然后手脚并用地继续攀爬……

5∶52分，我和朋友终于站在这座海拔2216米的中原第一峰。此时，东方已出现了彤红的霞光。眼前的天空，仿佛是一组组灯影，时有佛光奇景，千变万幻，时有骏马奔腾、天狗飞跃……那些红云，在东方慢慢地升高，渐渐地，佛光奇景、骏马天狗都隐入天际，接着，一个火球，从红云后面升起，越来越大、越来越亮，周围的山野风景也越来越清晰，色彩越来越鲜亮……

转身看到，那对坐轿上山的小情侣正满脸兴奋地用手机拍摄日出的景致。山上的风比下面还猛，他们把棉大衣的扣子全部扣紧了，而攀登中流的汗水，早已浸透了我风衣的后背，我不觉得冷，相反，这风吹在身上让我感到格外舒爽。

突然觉得，人生就像一场攀登，有人是花了钱被抬上山顶的，有的人却是一步一个脚印踏踏实实地自己走上来的。虽然前者和后者都能站上同样的高度欣赏日出的壮美，却远不如后者更能品味到山风吹拂去所有艰辛和汗水的幸福况味。正如《平凡的世界》中主人公孙少平的感悟："自己经过千难万苦酿造出来的生活之蜜，肯定比轻而易举拿来的更有滋味。"

端详一棵树

▶ 文 / 晓雅

凡是自强不息者，最终都会成功。

——歌德

你就那样赤裸裸地杵在我的眼前，目光和你相遇的一刹那，心中涌起的，是种说不清道不明的感觉，我甚至想扑过去狠狠地摇动你的身躯——

如此赤裸裸地挺立，意味着你是最无情还是最坚韧？

别的树，那皮儿伴随着树身数十年乃至成百上千年，而你，似乎不脱层皮就决不罢休。你是无情之至断然遗弃皮儿，还是坚强到不需要皮儿的保护？

因为你是梧桐，你别无选择。这个，我知道。你赤裸着，寒风吹过，苦雨淋过，你抱怨过自己生而为梧桐吗？倘若你有人的感情，看着别的树裹得严严实实无比骄傲地挺立着，你可能会有情绪，会悲愤，甚至咒骂老天的不公。

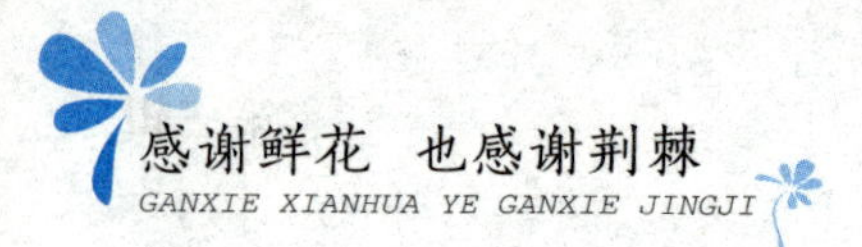

你生长在道路旁边，应该算是行道树吧？虽不及景区的树木那样引人注目，至少也算形象工程中的一分子吧，——即使不被过分呵护，至少不应该被破坏吧？然而不知何故，你却失去了树冠的一半，正好覆盖着马路的那一半。这就使得你的挺立显得很尴尬。

倘若你拥有人的情感，遭此不幸，你一定会想不通，会破罐子破摔，甚至会拒绝继续生长！是的，人就是这样：好事落到自家头上，就觉得是理所当然，是再正常不过的；略微有点晦气或倒霉，都觉得老天爷瞎了眼，摊到别人头上才是合情合理的。

你的身子更是惨不忍睹：树身的大分叉处搭着两个拖把，可能是旁边商店里的。那肮脏的拖把上的污水顺着你的身子往下流，长年累月吧，已经流出了形样，当然还得继续流下去。你的身上竟然还钉着钉子？一个钉子上挂了个小木板，算广告牌吧，写着“由此进去100米处卖盆景”。一个钉子上挂着塑料袋、布兜兜，应该是树下那个摆摊的。你仅存的树冠给了他阴凉，他竟那样对你，没心没肺的家伙！

瞧，几个孩子跑过来了，个头高点的，蹦了几蹦，终于攀扯住了你的枝条儿，往下一拉，更多的枝条儿随之弯了下来。一枝，两枝，三枝……都是生生的折断。而后一人拿一枝，相互抽打着玩了起来。

你没招惹这些孩子，你还给了摆摊的人以荫蔽，可结果……倘若你有人的感情，你一定会问：窦娥娘儿俩算冤吗？她们可是招惹了张驴儿父子的！我可没招谁更没惹谁，怎么如此残忍地待我？还有天理吗？

可你没有人的喜怒哀乐，没有人的感情也就没有了人的计较心，你只是守着“树道”：吐绿绽翠，让路人养眼；扩展树冠，给人荫蔽。长粗长结实是你的事，最终下场如何是人的事，你只能“尽树事，听人命”了。

我眼前挺立着一棵树：失去了半个树冠，身上还钉着钉子，却还那么蓬蓬勃勃地憋足劲儿生长。

这棵伤痕累累的树，或许它每天都以自己最好的姿态迎接着每一位路人。看着树，羞愧涌上心头，我不好意思地转身，离开。

我呀，生而为人，因了计较心，又辜负了多少好时光？

一生能有多少最爱

▶ 文／晓雅

美有两种，灵魂的美和肉体的美，聪明、纯洁、正直、慷慨、温文有礼都是灵魂的美，相貌丑的人也可以具备的。如果不以貌取人，往往对相貌丑的也会倾心爱慕。

——塞万提斯

我不知道自己有过多少最爱，这听起来似乎很荒唐，最爱，还会有很多？有很多的，能叫最爱吗？可我要说的是，的确都曾是我的最爱！

已故去多年的老姑婆是我生命里最感念的人，我常常想：倘若我的生命里不曾遇到她，缺失了那段有她陪伴的柔软时光，会是什么样子？肯定不会像今天这样疼爱自己热爱生活。

儿时的记忆里，老姑婆手很巧，会盘来绕去梳很多发型，每每她给我梳了特好看的发型，我晚上睡觉都是趴着的，害怕弄乱了头发。当我有着很好看的发型时，在谁面前都会表现得规规矩矩很是乖巧。老姑婆说，娃娃收拾得好看漂亮了，才知道啥叫美，啥叫好，自然就爱美爱好了。

多年后，我常常想起老姑婆的这番话，才意识到老姑婆是多么了不起啊，她先让我看到很美很美的自己，我便欢快地与之相拥，一直朝着她希望的美的好的方向奔跑。

童年的记忆里，最爱的人是老姑婆。

上小学四年级那年，换语文老师了，当那个一脸疙瘩走起路来还一瘸一拐的男老师说罢“以后我就是你们的语文老师了”，我有一种想撞墙的感觉：长成那样，还做老师？做就做了，还好意思教语文？语文多美啊，他教语文，语文该有多伤心啊。

结果，第一节课下来，我又恨不得把自己的小脑袋揪下来踢进太平洋。他哪里只是讲读课文，分明是引领我们走出狭窄憋闷的教室，走进连我们自己都不曾想象出的美丽的地方，或是相遇种种神奇与美好。他让我们闭了眼随着他的语言来想象，他的语言竟然可以刻画出种种令人喜悦的情形与优美的意境。

至此，我才恍然大悟。语文竟是如此博大又神奇，奇幻又秀美，美妙又酣畅！我开始喜欢上那个丑丑的男老师，我甚至开始觉得语文有一种超能力——可以把一个很丑很丑的人变得英俊潇洒人见人爱。

我最爱上的就是他的语文课，在他的课堂上，我的心插上了翅膀，无比轻快愉悦！这种爱似乎很持久，以至于我从此喜欢上了写作。在小学乃至初中阶段，倘若问我那时候最爱的人是谁，毫无争议，就是那个丑丑的又帅呆了的语文老师！

高中阶段，我的最爱简直是杂树生花，飞飞扬扬灿灿烂烂。

我最爱捧着红芳的日记看，一件琐事一个心思，掏心窝子的书写啊，是我眼里最美的文章，红芳也因此成了我最亲近的朋友；我最爱借聪贤的

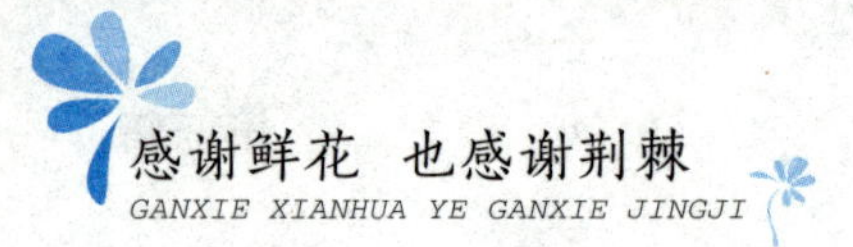

读书笔记抄，句句精妙无比，抄着抄着就按捺不住据为己有的贪念；我最爱默默地瞅着一个叫雷晓康的男生，瘦瘦小小的他浑身洋溢着激情，学习起来认真得叫你脸红……

高中阶段，是爱最最拥挤的时候，似乎没有不深爱的。刚才还捧着琼瑶浪漫的爱情放不下，转身又走进了金庸奇幻的武侠世界。年轻的激情，四处迸射；年轻的爱恋，新鲜多变。

参加工作了，生活起起伏伏，朋友聚聚散散。而今我最最离不开的人是位姓周的大哥，最爱没皮没脸地黏着周大哥聊天。

困惑说给他，他三言两语就拨开了迷雾，点亮了我的心灯；委屈倒给他，他的神情他的话语似乎具有稀释功能，阴霾自然退去；心痛了还是找他，他疼惜的眼神同样痛心的语言让我学会了保护自己热爱生活。

我甚至觉得，老天爷分外照顾我，让我在茫茫人海中结识了周大哥，像慈父般疼爱我，像兄长般宽容我。

一生能有多少最爱？

心地纯净柔软，爱自己爱生活，处处都能找到最爱。

糅在春粿里的甘甜

文 / 筱里

黄钟之与瓦釜，就是善与恶，是与非，美与丑，正与邪，永远是对立的，而前者总是获得决定的胜利。

——郭沫若

人们之所以将俗称清明蒿的野菜叫鼠麴，《本草纲目》里认为“其叶形如鼠耳，又有白毛蒙茸似之”。说是因为它的叶子形似老鼠耳朵，而且叶面上还长着白色绵毛，像鼠耳毛茸茸的样子。

我倒觉得，鼠麴更像一个个在清明时节去郊外踏青的孩童，恍若被管束了许久才释放出来似的，一到野外，便满山遍野地乱跑。

鼠麴无毒，性味甘平，还有一股特殊的香气，可提取芳香油。若作为一道时令野素，清明时节的鼠麴柔嫩多汁，香味浓郁，焯水后或炒或凉拌，满屋子里尽是春的气息，吃起来鲜嫩含香。

在我们老家，鼠麴并不拿来鲜吃，而是晒干后和糯米浆做成粿，并将其当作一种祭祀食品。这很适合古人的吃法，《本草纲目》里也说：“麴，言其花黄如麴色，又可和米粉食也。”

但吃这粿并不在春天，而是在晚秋的某一个节令。只是嚼起来仍然有春天踏青时那股青草的香味，所以我们都称它为春粿。

在乡下老家，家家户户都要做春粿。而且，每户人家几乎都是主妇们才会做这样的粿。每年的清明节前后，主妇们多半会拉上自己的孩子，在山垅田畔，溪沟岸边，细心地教着孩子们认鼠麴。那株株鼠麴长得太快了，有的已经开出黄色的小花，远远的如果不细看，还以为是一株株野雏菊呢。

采摘回来的鼠麴得放在簸箕上晒干，然后封装起来，直到晚秋的那个祭祀节日前夕才取出来。那时，刚忙完秋收，主妇们便得忙着做春粿了。将清水浸泡透的新糯米磨成浆，装在面粉袋里挤水滤干。将干鼠麴浸泡，煮熟，然后滤水剁碎捣烂，与红糖熬成膏，再与糯米浆糅合在一起，然后用炒得香脆的花生仁碾碎拌白糖作馅，做成一个个手掌般大小的粿，置于巴蕉叶上，放入竹蒸屉里蒸。那几天，主妇们总是要在厨房里忙碌到半夜。

刚蒸熟的春粿油黑发亮，看上去黏腻腻、软塌塌的，可吃起来的口感很柔韧，慢慢地品味，是很耐咀嚼的柔糯。特别是牙齿能感觉到细细的鼠麴草纤维，嗅觉还能闻到一股淡淡的草香，那是春天的味道。

而专门用于祭祀的那几枚春粿，主妇们往往会将它们做成乳房的形状。小时候，当新一屉春粿蒸出来后，母亲都会对我们说：“那几个母粿，得等烧香后才能吃！”我们嘴再馋，也只得先尝那巴掌样的子粿。

将春粿做成乳房的形状，这或许是先民们对生殖图腾的一种崇拜吧。后来我想，这春粿多像所有为子女操劳一辈子的母亲啊，她们看上去柔弱，其实是柔韧无比。她们包容了春天里最柔嫩最淘气的生命，春去秋来，那份绵长的爱，让你回味起来，皆是柔软与甘甜。

窗台上的紫背天葵

文 / 筱里

质朴却比巧妙的言辞更能打动我的心。

——莎士比亚

邻居在楼道拐角处的窗台上，置了七八个花盆，起先是栽月季、茶花，但未等开花便枯死。后来植过空心菜、小白菜，还有葱和蒜，也只是青翠十来天就夭折。只有今年初种下紫背天葵，至今仍郁郁葱葱。

紫背天葵是俗称观音菜的学名。我喜欢称它学名，是因学名富有诗意，还让人觉得像是一种奇花异草。每回上下楼路过，我是把它们当花来欣赏的。那些长在茎节上密密匝匝的叶子，正面油绿，背面却是诱人的玫瑰红，让人赏心悦目。

有一回，我见邻居大叔在采紫背天葵的叶子，便问怎么煮来吃。大叔说："简单，开水里烫一下，用猪油、酱油、蒜末拌来吃。"

这煮法没吃过，哪天也要买一把试试。一听我爱吃，大叔便把七八盆采了个遍、装满一小袋的叶子都给了我，“这菜很野，我们乡下到处都是，你千万别客气。”

大叔是邻居小王的父亲，从乡下进城来照料孙子的。孩子上幼儿园了便闲着无事，在窗台上整了这几盆“花”。

这让我想起了我乡下老家的邻居。在我老家的村子里，以前是没人种紫背天葵的。有一年，邻家大嫂不知从哪里拔来几株，大约是不够炒一盘，便随便扦插在门前的水沟旁和挡墙的石缝里，在我家门前也插了几株。这紫背天葵是半野生植物，不到半年，我们家门前已是繁芜一片，显得特有生机。邻家大嫂总是催促我们去采来吃。我家想换一下蔬菜口味时，便去现摘一把来，立马就能做成菜了。慢慢地，我喜欢上了紫背天葵独有的鲜嫩与清香。

我煮紫背天葵，基本上是清炒。仅择叶子和顶芽，洗净后置热油锅里炒，下盐、味精，起锅时下蒜泥。盛在白瓷盘里的紫背天葵，颜色深红暗紫，散发着一股清香与蒜香，吃起来有股特别的味道，配饭时常把白米饭染得紫红紫红的，煞是好看。

紫背天葵与米血一起做汤食，在我们这儿是一道名菜。所谓米血，就是糯米浆与鲜猪血一起凝固后蒸成的糕。紫背天葵清炒后下汤水，将米血切块入汤，熟透后下调味。好酸辣者，可放醋与辣椒。一碗热气腾腾的米血天葵汤，如果您没吃过，我是无法用语言来向您介绍它的美味的。

邻家大叔来敲门，把从窗台上新摘的紫背天葵又送给我。距上回才逾月，已又能采来一大把。大叔说：“这菜有补血功能，听说你贫血，给你补补血。以后新长出来的，你就自己去采，千万别客气！”

紫背天葵是否真有补血功能，我不知道。但我知道，我有一个热血热心肠的好邻居。

第四辑

Chapter Four

唯美阅读

Weimei Yuedu

先吃三口白米饭

▶ 文 / 筱里

第一财富是健康，第二财富是美丽，第三财富是财产。

——柏拉图

有位朋友在一家公司当主管，前些天请我们几个不常见面的朋友吃饭。

点了十几道大菜，都是我们日常少见的生猛之物。朋友一直招呼我们吃，自己却停筷不动。他说：“我点了一碗白米饭，还没上来，我等会吃！”

常涉酒场的人都知道，喝酒前先吃些食物垫个底，不伤胃又不易醉。便问：“是不是等会要放倒我们？”

“别误会，兄弟之间喝酒随意。但吃菜前先吃几口白米饭，是我这两年的习惯。”朋友解释道。

先吃几口白米饭？我们大惑不解。

朋友说，自从他任主管后，常常有饭局，不是别人请他，就是他请别人，想推脱都推脱不了。因年纪轻，开始还应付自如，可时间一长，他发觉自己渐渐地害怕眼前的山珍海味，每一道美食，他吃起来都索然寡味，没有胃口，食欲不佳，影响了他的生理机能，反过来又加重了他对食物的麻木和迟钝，甚至让他对生活失去了信心。

前年，像得了厌食症的他请了一次年休假，到城郊的一座寺院里住了七天。说是去静养，其实是想调整一下自己的胃口。那七天，遵守寺院的清规戒律，只吃素餐斋饭。吃饭也有规矩，饭前先诵经文，饭时先吃三口白饭，颂几句经文再吃菜，不许发声，饭后再诵经文。菜，无非就是青菜和豆腐乳。

为什么要先吃三口白饭？寺里的僧人告诉他，这三口白饭，第一口为的是体会米饭的原味；第二口为的是体会自己的衣食之源，第三口则是为了体会农夫们劳作的艰辛。

那七天，又是打坐劳作，又是吃斋啖素，朋友的胃口竟然被激活，终于渴盼起美味佳肴来了。

朋友说："先吃三口白米饭，让我感觉到了食物的本来味道。你们看，满桌望去，哪一道菜不是为了迎合人的口感而添加了各种调味品和添加剂？它们酸甜苦辣咸麻皆有，它们麻醉了我的味觉，也麻痹了我对美好生活的感受。只有白米饭，是食物的本来味道，让我的味蕾回归了本真。在吃菜肴前，先吃几口白米饭，等于刺激和恢复了我的感知能力，这样吃后面的菜，美味才能体会得真切，生理上和心理上便都能生出对食物的尊重来。"

朋友的话让我若有所悟。让我们日渐麻木的不仅仅是丰富的食物，其实还有日益富足的生活。那就先来三口白米饭吧，让粗茶淡饭刺激一下我们感受生活的神经，让我们的生活有更多美好的回味。

面条工程

▶ 文 / 李继平

虽有千金，无如我斗粟。

——古语

没听人说不吃面条的，就像没听人说不吃米饭一样。它们都可以是我们的主食。不过，如果在餐馆里让我选择，我会选择白米饭。虽说常见的拌面、拉面、刀削面、线面我都吃，且家里也常备干面和线面，但我只会因嫌煮米饭要烧汤炒菜很麻烦时，才将下面条当作填饱肚子最省事儿的选项。

许多人在成家之前，都有过一段辛酸的泡面史。我的泡面史至少有 5 年，那时刚参加工作，单位食堂只负责中餐和晚餐，早餐便泡方便面。方便面是整箱整箱地买的，便宜，平均起来一包才 4 毛钱。

没多久，一闻到泡面味就会让人翻胃。我甚至可以在十步以外、十分之一秒以内便能嗅出打开的方便面是香辣牛肉面还是红烧排骨面。尽管后来做了补救措施，比如将泡面放入电饭煲里煮，下个鸡蛋，或是丢两片火腿肠，或是放两片青菜，或是半包榨菜，等等，但在记忆里还是会将这一包包把我们最青春的食欲泡在棕榈油味里的面条打上差评。

由此得出这样的结论——吃面条就是因为没钱，或者图省事，与美食是挨不上边的。

一家人团聚。傍晚时，母亲对着冰箱里满满的鸡鸭鱼肉竟叹曰："不知道要煮什么？"是啊，鸡鸭鱼肉都吃腻了。

母亲突然说，那就手擀面吧。于是一呼百应齐动手。母亲取面粉和面。父亲说下面条得有山珍海味，赶快泡发香菇和海蛎干。姐夫深晓手擀面好吃的秘诀和最关键的工序是醒面和揉面，便捋起袖子，使出太极推手，把面团搓扁了再揉圆，揉圆了再搓扁，直揉到面团颜筋柳骨，绵里抽丝。姐姐去切五花肉。而我只有打下手的份，去洗花瓶菜和蒜苗、芫荽。

下油锅爆香"山珍海味"，加汤水，煮沸后下切好的面条。面快熟时再下花瓶菜和抓过粉的五花肉，起锅前撒上蒜苗和芫荽。这手擀的汤面盛在碗里，特有的面香扑鼻而来。挑一口，面条筋道，柔糯芳鲜，味厚汁浓，不是美味是啥?

味蕾唤醒了失散的记忆。原来这久违的手擀面，年少时在乡下有吃过的。只有在雨天，被雨帘困在屋檐下的母亲便会想着做点好吃的。锅边糊、磨豆腐、蒸馒头、手擀面，做起来都很耗时。然而晴天都要忙田里的活，母亲哪有时间精力去捣腾这些？下雨了，母亲最常做的是手擀面。那时，村里有台跟单人床般大小的专用擀面床，将面团置于"床板"上，用一根碗口粗、一米五长的圆木作为擀面杖，一头顶在面架里，另一头可以整个人骑上去，这样可以省力地把面团擀得均匀、细腻、柔韧、筋道。这样的面条当然好吃。所以年少时，我就盼着老天下暴雨。

后来因建新村，那台擀面床不知被丢弃到哪里了。从此，大家都买用机器做出来的水面。而机器面，谁有耐心去醒面，又有谁能施展那太极推手的功夫呢？

所以，我们对面条是有误会的。将其作为最省事的填饱肚子的方式，不过是懒人囫囵吞枣罢了。美味面条的背后，是得有颗对食物崇敬的心和一个花时花力的浩大工程。

总是站起来的那个人

▶ 文 / 瓦庐乐

善良的心就是太阳。

——雨果

一家人围坐在餐桌旁，吃饭。

母亲是最后一个坐上桌的，她总是最后一个才上桌。忙好了饭菜，又将饭菜一碗碗端上桌，连筷子都摆好了，这才高声喊我们："开饭了！"于是，一家人从各自的房间里走出来，围坐在餐桌旁，一边吃着热乎乎的饭菜，一边开始聊一些五花八门的话题。

我们习惯了这样的生活，这样的生活已经持续了几十年，好像与生俱来就是这样的。

话题是聊不完的。儿子在学校里的新鲜事；妻子单位里的同事哪个又结婚了，哪个又离了；妹妹的生意，永远像股市一样波澜壮阔；我的写作进度，还是像老驴拉磨……在所有人中，儿子抛出的话题，常常获得最高

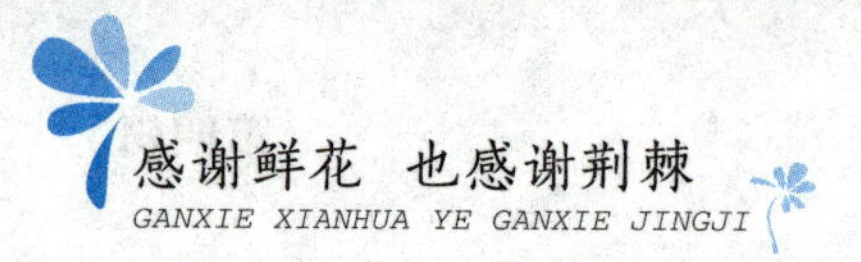

的关注。难得发言的是母亲，她端着饭碗，眼睛盯着讲话的人，似乎插不上一句嘴。

忽然有人喊，汤勺呢？闻声一看，鸡汤盆里，漂浮着缕缕香气，却没有汤勺。母亲赶紧放下饭碗，站起身，喃喃笑着说，你瞧我这个记性，又忘记拿汤勺了。样子像个犯了错误的孩子。母亲迈着碎步，走进厨房，拿来了汤勺。

大家继续吃饭。儿子突然一拍脑袋，给我们讲了一个班级里发生的笑话。笑话一点也不可笑，但我们大人们还是很配合地笑得前仰后合。

儿子高兴得手舞足蹈，不小心，筷子被碰落到了地上。儿子弯腰拣起筷子，我正准备让他自己去厨房再换一双筷子，母亲已经放下饭碗，站了起来，去厨房又拿了一双干净的筷子来，递给儿子。儿子接过筷子随口说了声，谢谢奶奶。母亲笑得眼睛眯成了一条线，“这孩子，跟奶奶客气啥啊！”

大家埋头吃饭，谁夹起一口菜，嘀咕了声：“好像有点凉了。”

是啊，外面天寒地冻，这么冷的天，难怪饭菜吃着吃着，就凉掉了。

母亲放下饭碗，站起身，“我去热一下。”说着，端起两盆炒菜，走进了厨房。从厨房里传来“嗞啦”声。不一会儿，母亲就端着两盆热气腾腾的菜，回到了餐桌旁。

大家都将筷子伸向那两盆热菜，真好吃……

“丁铃铃！”突然，家里的电话，响起来了。我正准备起身去接，母亲已经站了起来，“你们快趁热吃饭，我去接电话。”

母亲的饭碗，搁在桌上，已经看不到一丝热气，估计吃了一半的饭，都凉透了。突然意识到，仅仅这一顿饭工夫，母亲就已经放下饭碗，站起来三四次了。饭桌上，母亲就像时刻绷紧了弦的士兵一样，随时准备站起身来。

母亲一次次站起来，是想让我们其他人安安心心地吃顿饭啊。

如果留意一下，就会看出，其实在我们每个家庭的饭桌上，都有这样一个人：当厨房里的水烧开了，当菜凉了需要再热一下，当电话铃声响起，当谁需要餐具或调料……他（她）总是及时站起身来，去帮我们。这个人，如果不是我们的母亲，就一定是我们的父亲。

总是站起来的那个人，是用一辈子在呵护我们的亲人啊！

抱书行走的人

▶ 文 / 瓦庐乐

人的影响短暂而微弱，书的影响则广泛而深远。

——普希金

路口，红灯。对面的斑马线上，也站着一群等待过马路的人。远远地看见了他，一个中年男人，怀里抱着一大摞书，看起来书有点沉，他的腰微微地弯曲。忍不住多看了他几眼，站在他身边的人，有人挎着时尚的皮包，有人拎着装满东西的袋子，有人拖着行李箱，有人双手插在裤兜里，有人举着手机打电话……他抱着一摞书，显得很另类。

很久没有看到这样的情景了，除了在校园里，看到背着沉甸甸的书包，怀里还抱着书的学生之外。如今，谁还会抱着一大摞书，出现在热闹嘈杂的街头？他是刚从书店买的书吗，还是从附近的图书馆借的？或者是从办公室里，准备搬回家的？不知道。这样一个午后，一个陌生的中年男人，因为他怀里紧紧抱着的一大摞书，让我眼前一亮。站在他身边等待过马路的人，也看到了他怀抱的书，扭头好奇地看着他，但很快，他们就将目光转移到了大街上，街头的人们，衣着光鲜，神色匆匆，每个人都怀揣着各自的故事，各奔东西。

绿灯亮了，斑马线两边的人，快速地向自己的对面走去。在与他擦肩而过的时候，我瞥了一眼他怀中的书，有新书，也有翻卷了封面的旧书，来不及看清都是些什么书。很快，他淹没在人流中。

我已经有半年，没有走进过书店了，已经有一年多，没有跨进过图书馆的大门了。在装修新居时，我特地挤出了一间屋子做书房，还买来了一组气派的书柜，里面摆满了我以前读过的书，不过，除了有时候躲进书房抽一根烟之外，我已经很久没有打开书柜的门了。

我的很多朋友和熟人，与我一样。但是，偶尔，我还是会看到怀里抱着书的人，就像今天我邂逅的这个中年男人。

有一次，在小区门口，遇到一位楼下的邻居，怀里抱着一大摞书，像一堆积木一样，走得摇摇晃晃。忽然，最上面的几本书，倾斜了，就要掉下来，她慌乱地用下巴去抵住，这使得其他的书，也跟着往下滑，“哗啦啦——”，她怀里的书，全都滑落到了地上。她颓丧地一本本去拣。我赶紧快走几步，去帮她。她张开双臂，我将书一本本叠加到她的手上。问她，需要我帮你搬回去吗？她笑着摇摇头。我感叹，买了这么多书啊？她的脸莫名地一红，忙解释，其实大多是买给孩子学习用的。她家住一楼，我经常能从阳台上，看到她坐在院子里，手里拿着一本书。重新抱好书，她小心翼翼地往小区里走，从她的背影，一点也看不出她怀里抱着的，竟是十几本书，倒像是抱着一个孩子。

还有一次，是在一辆公共汽车上，乘客不多。上来一个青年，怀里抱着一摞书，走到一个座位边，却没有坐下，而是将怀中的书，整齐地放

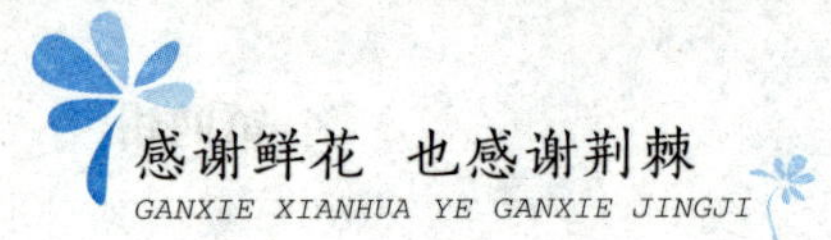

在了座位上，自己站在座位边。还有空位子，他本可以再找一个座位坐下的，却不，就那么站着，随着车的颠簸，不时地弯下身，将快要倾倒的书们，扶正。几站之后，他轻轻地将书抱了起来，下车，他的动作那么轻柔，飘逸。

我有时会奇怪地想，他们为什么不找个袋子，将书装起来呢，那样拎起来可就方便多了。也许很多拎着包和袋子的人，他们的包或者袋子里，也装满了书？有一次我陪儿子去书店，买了几本书，付完款后，工作人员给了他一只塑料袋子，儿子没要，他将书抱在了怀里。我问他为什么不用袋子拎？儿子说，习惯了。他是个高中生。又补充一句，抱着书，能闻到书香。不信你试试？

不用试。我也抱过书，从图书馆到寝室，从书店到家，从一个单位到另一个单位。只是那是很久远以前的事了。现在，我已经习惯拎着包，包里揣着手机、钱包、钥匙、香烟和名片。

偶尔看到抱着书在大街上行走的人，他们走过我们身边，带起一阵风，风里有书的淡香。

水边的守护

▶ 文 / 瓦庐乐

善恶的区别，在于行为的本身，不在于地位的有无。

——莎士比亚

下午的阳光，像碎银一样撒满水面。小河拐了个弯，缓缓地流淌。

我沿着河边散步。这里是城市的边缘，安静，祥和，正是上班时间，河边很少看到行人和游客。约好了和附近的一个朋友见面，他正在赶来的路上。我在一堆矮树丛后面，找了一块石头，坐下。

忽然听到一阵“哗哗”的水声，扭头看去，树丛的后面，小河的弯道处，两个八九岁的孩子，正在河边“扑腾扑腾”地玩水。刚刚初夏，水应该还是凉的，孩子们已经迫不及待地跳进了水中。我笑笑，到底是孩子，对水有着天然的亲近。

稍稍大一点的孩子，在教小一点的孩子，怎么游泳。大孩子拉着小孩子的双手，小孩子昂着头，两只脚拼命地打着水，河边溅起一朵朵快乐的水花。不时传来两个孩子，欢快的嬉闹声。这让我想起自己小时候学游泳的场景。他们不会知道，树丛后面，一个中年男人，好奇而羡慕地注视着他们。

我四周看了看。岸边，堆着两个孩子脱下的衣服。离衣服不远的地方，另一簇树丛下面，坐着一名中年妇女，目不转睛地看着河里嬉戏的孩子。树丛挡住了我的视线，我不能确定她的年龄，也许她是其中一个孩子的母亲，也许是奶奶，也许是别的什么亲戚？

两个孩子，继续玩着水，一会儿“扑腾扑腾”地学游泳，一会儿又互相泼水，打起水仗，很开心。树丛下面的中年妇女，安静地看着他们，脸上挂着似有似无的笑意，有时拿出手机，翻看几眼，又关上，目光回到水中的孩子身上。

几分钟，也许十几分钟之后，两个孩子似乎玩累了，光着腚，向岸上走去。大一点的孩子，朝中年妇女坐的树丛下面瞄了一眼，忽然涨红了脸，用双手捂住下体，急急地跑到衣服边，胡乱地套上了裤子。小一点的孩子，也很快地穿着衣服。我忍不住“扑哧”一声笑了，两个孩子，害羞了呢。中年妇女将头扭向另一边。

两个孩子穿好了衣服，手拉着手，沿着河边的小路，跑了。

奇怪，他们竟然没和中年妇女打声招呼，而中年妇女，也没有跟着孩子离去。她站起来，掸掸身上的草屑，看看两个孩子的背影，朝我这边走来。

中年妇女从我身边走过的时候，我忍不住好奇，和她打招呼。我的问候，吓了她一大跳，她大概没想到，树丛后面还有人吧。我问她，刚才游泳的那两个小家伙，是你的孩子吧？现在就下水，太早了点，水肯定还有点凉呢。

她看看我，摇摇头，他们不是我的孩子，我也不认识他们。

不是你的孩子？我诧异地看着她，笑着说，看你的神情，我还误以为是你的孩子呢。

她再次摇摇头。指着路那边的一幢民房说，我家就住在那，刚才路过时，看到河里有两个小家伙在玩水，边上又没见大人，估计是自己偷跑来玩水的，我不放心，所以，就在边上坐了下来，怕他们有什么意外。又指指小河说，这条河看起来不深，但是有几个险滩，每年夏天，都会发生意外。

我明白了。冲她点点头，你是个好人。

她不好意思地笑了，现在的孩子，都是家里的心肝宝贝呢，又调皮得很，要是出个什么意外，一个家就毁了。我反正也没什么事，看到他们在玩水，就盯几眼，有个大人在边上，总会安全些。我没看到你也坐在河边。

我有点难为情地笑笑。我只是闲坐，而她是为了一份默默的守护。

中年妇女和我告别，向路对面走去。

阳光安静地洒在河面上，风吹到脸上，暖暖的。

一家之最

▶ 文 / 黑丁

善良的根须和根源，在于建设，在于创造，在于确立生活和美。善良的品格同美有着不可分割的联系。

——苏霍姆林斯基

儿子最喜欢看的电视节目，是挑战吉尼斯世界纪录。那天，和儿子一起看完一档挑战节目后，我对儿子说，不如我们也来挑战一下，找找我们家的“之最”，看谁列举的最多。

儿子摇头晃脑，这还不简单？张口就来：我们家长的最快的人，是我。你和老妈，早就停止生长了，而奶奶的个子，反而越长越矮了；我们家最帅的人，是我。你看我的头发，多有型，我的衣服，可都是名牌；我们家最可爱的人，是我。从小到大，大人都夸我可爱；我们家最……

我微笑地看着儿子。儿子，你说的一点没错，你是我们家长的最快的人，你是我们家最帅的人，你是我们家最可爱的人……可是，怎么觉着哪里有点不对劲呢？儿子说的，都是他自己。意识到这个问题，我找了几个话题，引导儿子。

我们家每天起得最早的人是谁？

儿子想了想，我每天起床的时候，你和妈妈、奶奶都已经起来了，我不知道你们谁起得最早。

我告诉儿子，是妈妈。每天，天还没亮，妈妈就第一个起床了，我们早上吃的豆浆、煎鸡蛋、煮稀饭，都是妈妈一大早起来准备的。

我们家每天睡得最晚的人是谁？

儿子摇摇头，我只知道，每天晚上，我是睡得最早的人。

对，你是睡得最早的人，这也是我们家之最。我们家睡得最晚的人，一般情况下，是我。晚上，看看书，写写文章，时间就到半夜了，我会检查一下门窗是否关牢，厨房里的煤气灶有没有关好，阳台上的衣服是不是都收进来了，天冷的话，我还会到你的房间，看看你的被子有没有盖好……忙完了这一切，我才能放心地睡觉。不过，也有很多时候，是你妈妈最后一个睡觉。比如你每次开学前，考试前，妈妈总是兴奋得睡不着；还有你身体不舒服的时候，妈妈常常整夜不合眼，坐在你的床头，似乎这样就能减轻你的病痛似的。

儿子的神情变凝重了，以前，他对这一切，几乎一无所知。我摸摸儿子的头，我们再一起找一找，我们家还有哪些之最？很快，儿子又找到了很多之最——

我们家吃饭最慢的人是奶奶，她总是最后一个吃完，而且，她特别喜欢把碟子里的一点剩菜，全部拔拉到自己的碗里。摆在我面前的菜，永远是我们家那顿饭中，最有营养、味道最好的菜。

妈妈是我们家洗碗最多的人，她一天至少要洗 40 多只碗碟，她每年洗的碗碟可以供4000人同时就餐。

我们家最有力气的人是爸爸，他可以将我和妈妈同时背起来，手里还拎着我们刚从超市买回来的物品；不过，我们家最有力量的人却是妈妈，她只要用手轻轻一指，爸爸就乖乖地过来了；但是，我们家最有潜力的人却是我，爸爸常常开玩笑说，他老了，就要我背他了。我一定会背他的，这可不是玩笑。

我们家吃药最多的人是奶奶。她有高血压，眼睛也不好，还常常失眠、感冒，每天都要吃下好多种药片。如果有一种神奇的药片，能治疗奶奶所有的病，就好了。

我们家最怕热的人是我，夏天，我天天晚上要开空调才能睡着；我们家最不怕热的人，是奶奶，她从来不肯开空调，哪怕再热，她也是摇着蒲扇睡觉。爸爸说，奶奶是因为舍不得电费。所以，奶奶又是我们家最节约的人……

在我的启发下，儿子找出了很多之最。

这只是我们玩的一个趣味游戏，但你会惊奇地发现，在每一个“最”的后面，都站着我们的一个亲人，自始至终，无怨无悔地照顾我们，呵护我们，关爱我们。每一个“最”的里面，都饱含着无尽的亲情和爱。而这，正是我想告诉儿子的。像所有的孩子一样，他是我们家的最大希望，我希望他健康成长。

在时空里飞

文 / 张甜润

人有了物质才能生存，人有了梦想才谈得上生活。你要了解生存与生活的不同吗？动物生存，而人则生活。

——佚名

人生的全部智慧就是如何更好地与数十载的光阴交往，所谓的长生不老只是一个传说，所谓的玉露仙丹只会误人性命。

人类的全部作为就是如何更好地与若干百万年的时光交往，所说的世界末日人类未必有幸能够成为目击者。

一叶一菩提，一花一世界。叶青叶黄，花开花谢，一片叶抑或一朵花的命运中隐喻着一个人的命运，也隐喻着整个人类的命运，甚至是整个星球的命运。科学家预言，在若干亿年之后，地球终将被膨胀为红巨星的老年太阳无情地吞噬。

一只幸运的鸟雀的完整生命历程大概是这样的：从破壳而出到自由飞

翔再到跌落枝头曝尸原野或街头。萧瑟秋风里唱完最后一支生命之歌，从树枝上空降下来的蝉与鸟雀有着本质上的相似，它们都以天葬的方式告别了这个世界。实际上，从严格意义上来讲，这并不是真正的“告别”，只不过是换了一种方式与世界同体。而且，不管是自由落体还是浴火成烟抑或其他或平静或惨淡或壮烈的方式走到生命的末端，只要是终结在天地之间就应算是天葬了。

风驻尘香，看花需待明年。只可惜，年年岁岁花相似，岁岁年年人不同。即使是尽日惹飞絮的画檐蛛网也断然是留不住春天的脚步的。过去的就永远地过去了，在一意孤行的时间面前，众生平等。

遥想当年，三叶虫曾经充斥浅海之底，恐龙曾经雄霸水陆空，剑齿虎曾经所向无敌傲居食物链的最顶端……时过境迁，试问，如今它们都到哪里去了？正如残存在历史书页上的那些圣人伟人贤人名人，以及挂一漏万的凡人庸人说到底大家都叫古人。再把“古人”的外延扩大，他们和上述种种以及黄河象、琥珀蛛一样都可以称作古生物了。

作为万物之灵长的人类可以把探索的目光和思维横穿若干亿年和若干光年，但作为人的形体而言只能老老实实地呆在特定的时空之中，并做着本时空里自己该做和能做的事情，仅此而已。秦皇再英明也断然不知电灯之光亮，汉武再雄才也不可能明了手机之妙处。生之前和死之后的漫长岁月注定是我们永远也无法涉足的神秘所在，不管你曾经拥有过多大的能耐都不会获得《大话西游》中可以穿越时空的月光宝盒之能量。

万物外在的形式和生存的状态往往千差万别，是时间摆齐了一切。我们所要做的事情只能发生在“摆齐”之前。

蜜蜂的翅膀所飞到的每一朵花都是几个月的蜜蜂生命中的驿站，蚂蚁的每一次外出觅食都是一次生命的新的旅行。在有限的时间里，每一件事情的发生于生命体而言都有着它独一无二的意义。

“天空中没留下翅膀的痕迹，但我已经飞过。”飞过是过程，也是内容和意义，唯一的内容和意义。珍惜现在就是珍惜生命，只有勇敢地飞，认真地飞，理性地飞，奋力地飞才不会辜负造物者的一番美意。

人生是一次心灵的飞行，在飞行中我们往往过分强调和过度夸大了一路的疲惫和失意，而忽略甚至有意地屏蔽了存在本身所承载的价值和美好。

“在时空里飞”，这无疑是一句积极的自我暗示，它足以让人生出一种笑傲天地的壮怀。既然急急流年如滔滔逝水，何不带上几分英豪之气飞越沼泽，飞过高山，飞向蓝天，飞出一路的美丽风景和曼妙情思。

最后，借用一句汉高祖的传世名言：大智慧人生当如此也。

星空的约会

▶ 文 / 张甜润

有一种人，总是不停地寻找，寻找几生几世，仍然单身一人。我知道谁都没错，那人只是想拥有世界上最完美的东西，比如：心的安心温馨停泊处。

——几米

唯有立于星空之下才能更加形象地感受到自身形体的微小——渺沧海之一粟。

唯有立于星空之下才能更加直观地体察到时空的浩渺——羡宇宙之无穷。

唯有立于星空之下才能更加真切地意识到自己地球人的身份——母星载我游太空。

唯有立于星空之下才能更加敬佩地体悟到人类胸襟的峰值——尽挹西江，细斟北斗，万象为宾客。

没有一处所在比星空更为邈远辽阔，没有一处空间比星空更适合冥思神游，立于星空下仰望满天星斗是人生一件爽心惬怀之美事，这等美事看似易得却非人人都能经常有幸拥有。星光临体，照得表里俱澄澈，照得肝胆皆冰雪，照得心凝形释与万化冥合，从头到脚、从身到心滤掉的是尘嚣，是躁动，是焦虑，是一切与大自然之律动不合拍的东西。

或淡蓝、或橘黄、或暗红、或纯白，几百年、几千年甚至更久远的时间之前发出的一束束星光射入眼眸落入心湖，刹那间就忘了得失，远了宠辱，淡了成败，甚至，齐了生死。星空太空空，让人一抬头发现自己早已踏出了红尘万丈。

抬头望见北斗星。七颗亮星在天幕上联袂打出的依然是当年屈原上下求索的天问。古往今来，这个问号曾在多少思想者的心头停顿——生命体的终极意义到底应该在哪里安放？

人来于自然，又归于自然，答案只有自然能够给出。于是，深谙此道的庄周婉拒了楚王要授予他高官显位的美意；于是，“少无适俗韵”的陶潜高唱“归去来兮”采菊东篱又种豆南山。人在乡间，心在乡间，卸掉生命之舟不能承受之重，精神才能自在逍遥于天地之间。化用前者的一句名言——吾生也有涯，而欲也无涯，以有涯逐无涯，殆矣。

庄周们和陶潜们用自己的言行寓示后人，乡间才是融入自然、回到简单的最好立足点。同样，乡间也是亲近星空之美的最佳托足之区域。街市的霓虹使夜空失去了湛蓝的本色，酒肆的灯光照耀的更是一个远离本真的世界。在这些场所熙攘着、穿梭着的不少是心灵磁盘已用空间过大、可用空间有限的人。钱钟书先生有一语说得很是精辟——“人籁是寂静的致命伤。”

星辉无声流泻，穿越茫茫太空和渺渺时光像要应验一个古老的天谶，最终洒在一颗正在旋转的蓝色星球上，洒落一地的皎洁、神秘和安详，个中妙处难以言表。满天满地的星辉会告诉你，许多烦恼根本不值一提，许多纷扰实属触蛮之争，许多往事也大可付诸一笑。是的，在星空下微笑是人的思想与天地进行深度往来的一个明证。这样的微笑中透着平和，透着深邃，透着望穿人生的智慧——从容洒脱，无忧无惧，修剪好那棵心田上肆意疯长的欲望之树，做生活的智者远胜过做世俗的冠军。

月在边关、在海上、在春江、在松冈、在空城、在桥下、在西楼、在中庭、在床头、在柳梢、在疏桐、在花间、在斟满清酒浊酒的杯盏中。那么多被星月之光合作点亮的唐诗之晚和宋词之夜，月亮几乎成了一种情感的全部寄托，而星星却往往被有意无意地忽略。不过，假若当时的天文常识再多一些的话，作为一块儿普通荒凉之石的月亮势必会被人们一定程度地疏远，老兔、寒蟾、嫦娥、吴刚乃至整座广寒宫都无迹可寻，而广袤星空才是驰骋想象、拓展诗境、抒发喜悦以及排遣个人身世或家国愁苦的最佳意象。

星空浩瀚辽阔，无限稀释着世事的感伤，无限启迪着前进的航程，无限蓄积着扬帆破浪的精神能量。在星空下站久了，定是消了狂气和俗气，长了大气和豪气。不如今夜就与缀满璀璨宝石般的星空约会，托南天威武的猎户把那灿烂的河汉信手摘下，权当作草帽半遮住脸庞，遮出一个明丽清远的好梦！

风景与故事

▶ 文 / 张闲云

粉薄红轻掩敛羞，花中占断得风流。

——（唐）吴融

天地之间原本只有自然，人类出现后才有了世间。自然进入观赏者的眼中成为风景，世间经人类的演绎有了故事。

带有诗意的风景是装点心灵后花园的基本元素。天空的一轮明月，山间的一条溪流，枝头的一声鸟啼，路边的一棵绿树、一块儿顽石甚至是石缝里挺出的一株毫不起眼的野草花都可以是一道美丽的风景，徜徉其中让人忘记忧愁，让人见到欢喜。

带着热度的故事是行走人间留下或正在留下的串串印痕。一颦一笑间隐藏着曼妙的故事，灯光舞台上闪动着精彩的故事，金戈战场上腾挪着壮阔的故事，大哭大闹中更承载着或惊心或滑稽的故事……置身其中，扑面而来的是浓浓的生活气息。

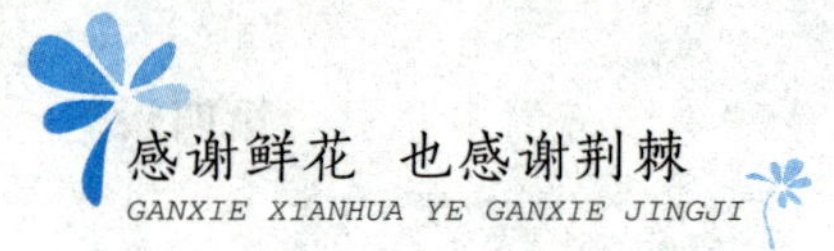

风景从来都不只属于诗人，尽管诗人眼中的风景最富有诗意；故事也从来不仅属于小说家，尽管小说家笔下的故事集中着生活的热度。

诗意的尽头没有诗意，呼啸而来的列车和冰冷刺骨的铁轨对于海子而言已经不再是面向大海春暖花开的风景；热度的尽头没有热度，凡事太尽缘分势必早尽，电影《风云》中雄霸披头散发的狼狈意味着一个曾经费尽心机登上巅峰的人物之人生故事的凄冷谢幕。

看山宜在山外，智者的目光移出生活的小圈子，故事本身也是风景；乐山宜在山内，隐者的身影融进自然风景，风景之中也有故事。不必把名和利的分量掂得过重，也不必以梅为妻以鹤为子，其实，智者和隐者两种身份可以适时地合而为一。美学大师朱光潜有一句经典的话——“人要有出世的精神才能做入世的事业”，当今社会奉行“下班关手机，周末必出游”的“绿客一族”当接近此境界。

失意时，不妨把风景引入故事，盘腿坐在丛生的荆棘旁边静心休憩抑或站在绊脚石上放声歌唱，如此则荆棘可爱石头亲切，个中自有一番做人的坦然和傲气；得意时，不妨把故事引向风景，把酒东篱，盈袖的淡淡暗香里自有一种处世的超然和雅趣。

我看故事多风景，料故事看我应如是。赏着风景，演着故事，无怨无悔，不忧不惧。

节制是金

文 / 张闲云

节制是最好的医术。

——博恩

越来越觉得，在一个喧嚣与躁动的世界里，学会节制对于生活的意义是真正重要。

月盈则亏，水满则溢。自我节制是一道意念的堤坝，有效阻挡着欲望潮水的肆意漫过，从而保证着心灵家园的安全与葱郁。放纵、贪婪和攀比则是欲望之水上风暴形成的三大祸源，风暴过境，一片凌乱不堪的泽国。

明知已到达“三高”的临界，饮食上大鱼大肉的嗜好仍然不改。口腹之欲倒是得到了满足，自己也看似没有受到半点儿的委屈，殊不知心脑血管之疾在大快朵颐中也来了一个“跨越式大发展”。

明知高频率的夜生活会紊乱自己的生物钟，仍然禁不住玩乐的诱惑。或灯红酒绿过三更，或拥抱电脑到天明，青壮年虽然身体强健但也难以承受这样对健康进行的无限制地挥霍。要知道，最终给自己的不良习惯买单的只能是你自己。

明知纸里包不住火，仍然为谋求虚名不惜论文造假，不惜兴奋剂滥用；明知法网恢恢疏而不漏，仍然为攫取实利不惜河边湿鞋去损公肥私，去发不义之财。

明知“鹪鹩巢林，不过一枝；偃鼠饮河，不过满腹”，偏偏蛇口吞象痴想着占据整片树林，拥有整条江河；偏偏欲壑难填，今天想着超过甲，明天又想着赶上乙。于是机关算尽，于是疲于奔波，于是愁眉紧锁。

……

欲望是弱水三千，大多时候我们其实只需一瓢。太多了，就会身体不适，就会波及他人，就会浊浪排空甚至人仰船翻。说到底，欲望始终与利益的分配纠缠不清，利益上的诱惑在侧，保持一份清醒的节制于己于人都是一件幸事，都算一份功德。

就算是一种好理念也需要“节制”来指导，“生命在于运动”，然而高烈度、长时间或不合时宜的运动并不是真正的养身之道。就算是一种好品质也需要“节制”来调剂，“业精于勤荒于嬉”，然而不懂休息不会嬉戏只张不弛的勤奋进取终会有一张病床在岁月的不远处等候，腾不出时间来休息只能腾出时间来生病。就算是有意为他人为集体做一件大好事，适度的节制也是要有的，事情操之过急而违背客观规律极容易好心办成坏事情，正所谓欲速则不达。

还是英国《金融时报》专栏记者卢克·约翰逊说得好，自信与自律二者对于成功而言最为重要，有趣的是，很多人会不遗余力地获取自信并在此过程中丢掉自律。的确，在追求成功的路上，“自律”曾无数次被人弃之如敝屣，这一做法或现象往往让人们离成功的彼岸越来越遥远。自律是一种科学而理性的节制，不懂自律的人不会拥有长久的精彩，不懂自律的团体同样不会获得持续的发展，无论这一团体是大是小，是强是弱。

还是美国国父乔治·华盛顿做得好，华盛顿曾为自己编写了一本名为《待人接物行为准则》的小册子，该书共计格言一百一十条。这些都是他用来约束自己言行举止的注意事项，而“节制”就是其中的一个核心理念。他的这种讲节制、重修养的优雅风度无疑为他的巅峰事业和魅力人格增分不少。

与乔治·华盛顿同时代的集政治家、科学家、航海家等诸多成就于一身的世界级传奇人物本杰明·富兰克林也曾为自己制定过道德准则，即著名的“十三条成功计划”，其中以“食不过饱，饮酒不醉”为内容的第一条就是“节制”。

节制决不是没有目的的停顿，决不是没有策略的收敛，也决不是没有方向的撤退；它是适可而止，是保存生力，是穷寇莫追，是有尺水行尺船。克服短视是它的存在前提，内心道德是它的坚守底线，自身条件是它的判断依据，外部环境是它的考量数据，恰到好处是它的最高境界，而有所为有所不为则是对它的最佳诠释。

“在物质的天空下，现代人求速成，高消费，真正懂节制的人太少了。”有位朋友在微博上不无感慨地说。也许正因如此，节制作为一种品质才显得格外珍贵。节制是金，是生命中的黄金，它带来的是平和的心态、智慧的生活和基于现实并指向愿景的成功人生。

求己亦要求人

▶ 文 / 张闲云

对坚强的人来说，不幸就像铁犁一样开垦着他内心的大地，虽然痛，却可以播种。

——佚名

一棵云杉平地而起直插九霄云天，一棵牵牛花的柔软枝蔓把紫红色的花朵送上大树的枝头。

世人常把赞赏的目光投向自立的前者，也常把鄙夷的脸色留给攀附的后者。殊不知，云杉和牵牛都得到了各自的成功。

一条小船顺流而下，人借舟力，舟借水力，水借重力。借力是世界上一种普遍的现象和规律，即使是“其翼若垂天之云”的大鹏从北冥飞往南海的途中也要借助于六月的大风。其实，身姿伟岸的云杉也需要有所凭借，脚下厚德载物的大地就是它的根据地，就是它的发射井。

力是物体对物体的作用。世间万物都不可能只依靠自己的力量来存在和发展，在这一点上身为万物之灵长的人并不例外，当然也包括君子在内。善于借力于外正是君子的特长，两千多年前的儒家代表人物荀子曾有明示，“君子生非异也，善假于物也”。

一个篱笆三个桩，一个好汉三个帮。当眼前的困难超出了个人的能力上限，理性的求人并不是一件有碍面子的事情；相反过分相信自己的力量或者随意地拒绝别人的帮助往往会滑向刚愎自用和自以为是的泥沼深渊，正如一朵艳丽的春花若是拒绝一只蜜蜂的传粉只能叹息着离开枝头无果而终。

所以，在项羽拒绝了亚父范增助力的同时，历史也拒绝了项羽身上一度出现的好运，安排了让他自刎乌江的结局。与之形成鲜明对比的是，项羽的对手刘邦却借助比他更有谋略的张良、更能带兵的韩信和更能安民的萧何横扫宇内平定天下，最终奠定了汉朝数百年的基业。不善用人者常常自毁长城，善假于物者自能如虎添翼，于是，“力拔山兮气盖世”的项王败在了“得猛士兮守四方”的沛公手下。

难怪，个人主义英雄常常在孤独和悲壮中落败，而擅长借调众人之力者却能最后到达时代之峰巅。

事实上，善假于物就是求人的另一种释说。有时候，情商比智商更重要，就因为周边人际关系资源的有效开发和利用往往更能缩短自己通往成功的路程，就因为“求人”本身也是一种能力。尤其是在人与人之间联系日益紧密、社会分工更趋于精细化的今天，求人已经成为“地球村”每一个成员的必备能力。

“两句三年得，一吟双泪流；知音如不赏，归卧故山秋。”贾岛的这首“瘦”诗道出了中国历代士子文人渴求见赏被起用的共同情怀。在伯乐到来之前，未得志的千里马的境况常常比一般的马还要糟糕，而求人的重要性在这个过程中也得到了充分地彰显，而且这种情况也一定程度地延续到了现在。

最后我要说的是，自立自强的人固然是志士，身处困境之中善于求人的人亦不失为智者。

知苦者，解苦心

▶ 文 / 李红都

一个人要实现自己的梦想，最重要的是要具备以下两个条件：勇气和行动。

——佚名

他可能是我所认识的人当中最为不幸的人了。但他却不愿把自己放进“不幸”的队列里，他说，感恩那些苦难，正是那些苦难，才让他有了比一般人更开悟的心灵、更深刻的思想……

16岁那年，他上初二。有一天，因和老师发生口角，被老师扇了一巴掌，正值血气方刚的逆反期，冲动中，他捡起一块砖，便向老师拍去……结局是老师受伤，他被校长勒令退学。

在那个封闭的，只有二十多户人家的小山村，失去了在村中学读书的权利，就意味着直接走进社会。没有文凭，没有技能，也没有创业的资本，渐渐的，他混成了村里人眼中的痞子，整日混迹街头，打过人，也被人打过。整整十年，他的生活像极了电影里的古惑仔——挥过片刀，抡过钢管，被警察追着一路狂奔，甚至还因为伤害了别人而进过监狱……直到25岁那年深秋的一个夜晚，他被仇家砍倒在地，大半个身子失去了知觉，从此切身感受到了失去行走自由的无奈。

接下来的8年，他每天就在不得不在坐进轮椅才能出门的无奈中浑浑噩噩活着。直到那天……那天，朋友来看望他，送给他一本《汪国真诗集》。看完后，他有些发愣，原来这样分行的语言就是诗啊，他感觉自己也能写出类似的句子。此后，他开始试着将自己的情感用分行的语句写在一个本子上，他发现，就在这样倾诉般地写作过程中，他那颗原来桀骜不训的心，前所未有的安静，静下来的心，开始反思自己这么多年的历程。他甚至庆幸——如果不是那次被仇家砍倒致残，终止了他惹事生非的痞子生涯，他可能早成一抔黄土了……

正像一首诗说的那样，“只有经历了地狱般的磨炼，才能炼就创造天堂的力量；只有流过血的手指，才能弹奏人间的绝唱。”苦难的经历以及对生命深层次的思考，让他的诗歌有一种特别能打动读者心灵的力量，因为笔下的那些分行的，带有他心灵和情感温度的句子，一位在国内很有名气的作家被感动了，成了他的良师益友。

在作家的引路下，他试着将自己的诗歌投向全国各地的刊物。随着作品陆陆续续地发表，县里的一些文学聚会开始邀请他参加，听着别人毕恭毕敬地称他是“青年诗人”，甚至还有人喊他“老师”，他诚惶诚恐之余，感到有点滑稽：曾经的痞子、被人不屑过的截肢残疾人，如今竟会成为文学圈中座上宾……命运可真是反复无常的怪物啊。

感谢写作，让他看到了自己的价值。33岁那年，他买了一台电脑，封闭的世界从此被打开了，他发现，互联网是如此强大的工具，让他足不出户，便能与各地的文友交流，了解世界的精彩。

那一段，是他写作和发稿的巅顶时期，很多文学刊物的编辑主动向他约稿，还到他的博客中选稿。这一切，都让他找到了活下去并且活得精彩的动力。但他很快发现，在这个物价飞涨，稿费却十年不涨的时代，靠纯文学创作来吃饭实在太难了。经济尚不能自立，如何让灵魂独立？他开始寻找出路。

一个偶然的机会，他发现当心理咨询师很适合自己。经历了那么多的苦难，他早已学会了开脱，懂得超越苦难，寻找心灵的宁静和快乐。

在那个心理咨询培训班上，他是老师眼中活得最艰难、却最有天赋和才气的学生，每次课堂上老师组织同学们讨论某个问题，他的解答，往往能赢来满堂的喝彩。毕业后，他就申办了营业执照，在网上开设了心理咨询诊所。

那晚，我上网和他聊天，谈到我这么多年来，始终没能走出因失聪带来的心灵阴影。我说："我从小就很好学，很喜欢读书，如果不是因为失聪，我的学历就不会仅是本科，最起码也是研究生学历了；如果不是因为失聪，我的事业一定比现在做得大，也更顺利……"他说："你为什么不这么想：如果不是失聪，你在大学中可能会陷入恋爱荒学的温柔陷阱，失去了奋斗的动力，别说考研，本科也不一定能顺利读完；如果不是失聪，你可能就没有现在的定力，认准写作一个方向，才拥有现在这些令你欣慰的收获。"

我不悦地说："你怎么就不能往好处多想想？"

他说："现实既已如此，你愿往好处想，获得坏心情呢？还是愿意往坏处想，获得好心情呢？"

那一刻，我心头似乎打开了一扇天窗，那些久郁于胸的苦闷得以疏泄……

“到底是做心理咨询的，三言两语，便能让人打开郁结，这水平，够专业。”我对他的能力由最初的怀疑转变为暗自敬佩。

他给我讲了当上心理咨询师后的生活，他说，最大的收获不是钱，而是看到对方理顺了思绪，打开了心结后的快乐。

我问：“难道你真的没有烦愁吗？”

他打过来一段话：“当然也有，比如现在，不能行走，生活起居需要老父母照料。但换个角度思考，父母都健在，并且天天都陪伴着自己，这不也是一种喜悦吗……”

他的生活，在别人眼中，是几近于悲惨的那一类，但他却掌握了让伤口自愈的能力，学会了超脱了这世上的一切苦难，甚至渐渐地生出能引导他人走出困惑的智慧和力量。所谓知苦者，解苦心，大概就是如此吧。

“秋风里，快乐的人看到了收割，悲观的人看到的却只有萧瑟……”他的QQ上挂着这么一句充满诗意的个性签名，或许，这签名本身就是一首没有标题的诗歌，是从他久经磨砺的心中升腾出的哲理诗句，我想，被感动、被感染了的，肯定不只我一个。

倾听雪花飘落的声音

文 / 李红都

慈善的行为比金钱更能解除别人的痛苦。

——卢梭

抖落一身雪花回到家里，屋里的暖气瞬间便让我睫毛上挂着的冰霜融化成珠。用手背随意一抹，眼睛立刻便有了滋润的舒适感，视线也变得更加清晰。

倚窗向外望去，世界成了黑白二色唱主角的老照片，白的是雪，黑的是雪融化在尘土上产生的泥泞。黑白分明的色彩，并没有影响雪中风景的美，反倒更添了一份真实生活的亲切。

就在两个小时前，我收到好友凌姐的短信："亲，你在哪儿？我在泡温泉。太梦幻了，风雪温泉夜，看风过树摇，听雪落窣窣……"当时，我正在读她中午发给我的创作谈，那是她前几天给文学爱好者们上课的讲义。

笔耕已 10 年的她，在国内文学刊物上早已有了不小的名气，国内一线报刊杂志上，频频出现她的名字，还出版了三本散文随笔集。那一段时期，她的文字，像极了飘落在房顶和树梢上的雪，因离地面的泥土较远，而呈现出不沾烟火般空灵、冷艳的美感。那种美，时常让我想起雪小禅的一本书名，“繁花不惊，银碗盛雪”，在她笔下，字如银碗中的雪，是煮茶的尤物，不沾纤尘，小资味十足。

什么时候她的文字开始带上雪落泥土的沧桑、厚重了呢？我已记不清，只记得，半年前，在我俩结伴去采风的路上，她就告诉过我，身边有位老人遭遇到了一场灾难，让她看到了生活辛酸艰难的那一面。

那一段日子，风很大，天气异常寒冷，室外虽未下雪，可她的心里，却时不时的，有雪花飘落的声音。

她的邻家老人，靠做小生意起家，本指望靠投资赚点养老钱让日子过轻松点儿，没想到钱被连本卷走，老人有种快过不下去的感觉。老人的处境，像极了旷野里的泥土，被突如其来的冰霜雪雨搅成了泥泞，脚陷其中，寸步难行……

她被深深地触动了。从此，从她笔下飘落的雪花，不再只飘向树上和高楼大厦，成为装扮它们的素裹银装，她亦不再银碗里盛雪，闲赏雪来静煮茶，而开始关注身边百姓的疾苦，提笔去写那些艰辛生活中的乐观，以及苦难中闪烁的人性光芒。她的文字，像扑进孕育万物的大地怀抱中的雪花一样，染上了泥土的气息，却赢来了更高层次的读者，滋润了更多人的心灵。

泥土的气息固不可少，但偶尔的诗意也很必要。就像此时，她独自开车去泡温泉，看风过树摇，听雪落窣窣，感受一番风雪温泉夜的诗意盎然，说不定，又有一篇“银碗盛雪”式的美文诞生，与她那类带有泥土气息的文字一起，成为银色世界那帧黑白分明的老照片，既有不染纤尘的空灵，又不乏接地气的悲悯。如此，更好。

雪，仍在下，飘舞的雪花，像一串串音符，不经意便奏响心曲。每一声，都是这世上最美的声音。

军旅歌声里的童年

▶ 文 / 李红都

音乐是不借任何外力，直接沁人心脾的最纯的感情的火焰；它是从口吸入的空气，它是生命的血管中流通着的血液。

——李斯特

“毛主席的战士最听党的话，哪里需要就到哪里去，哪里艰苦哪儿安家……”高中毕业后，大哥唱着这首歌，投入当年知识青年上山下乡的革命洪流中。那年，大哥 17 岁，我 3 岁。

妈妈是音乐教师，家里常响起妈妈悠扬的手风琴声和动听的歌声。每当妈妈哼起大哥常唱的那首歌，爸爸就会停下手里正干的事情，点一支烟在歌声中陷入沉思。姐姐拉过我悄悄地说：“爸妈又想哥了。”

我托着腮帮听妈妈的歌，虽然妈妈唱得也很好听，但总觉得没有大哥唱得那么激昂。有时，唱着唱着，妈妈的泪水就流了出来……那时我太小，只感到歌声的美妙，却体会不出妈妈思儿的忧伤。

有一天，妈妈兴奋地告诉我，部队到大哥那个公社招新兵，从小跟妈妈学会拉手风琴和吹笛子的哥哥因为文艺上有特长，有幸当上了文艺兵。这对父母来说是个天大的喜事。爸爸妈妈抱着我提着一小布兜鸡蛋赶到部队去看大哥。

大哥穿着一身新军装，高兴地抱起我，兴奋地向爸妈讲着入伍后的自豪和快乐。他们说什么我听不进去，我只眼红大哥军帽上的红五星，伸手便想摘下来带走。大哥噘着嘴佯装生气地拨开我的手，我"哇"的一声哭了起来。

哥忙哄我："妹妹别哭，哥给你唱首歌吧，'日落西山红霞飞，战士打靶把营归、把营归。胸前的红花映彩霞，愉快的歌声满天飞……'"多么激昂动听的军歌啊！我停住了哭泣，静静地聆听着。

后来的几天，我们看了部队的演出。大哥拉着手风琴和战友们表演了合唱《保卫黄河》和《我是一个兵》《游击队之歌》，那激昂奔放、铿锵有力的歌声深深地震撼了我幼小的心灵，让我深切地感受到了军歌鼓舞人心的力量。

回家后，妈妈的笑容多了，常常边干家务边哼唱哥哥那天独唱的军歌："欢迎的晚会上，拉起了手风琴，同志们手挽手，激动了我的心……"优美的旋律和妈妈眉梢间挂着的喜悦，让军歌如阳光般映进了我的心灵。

哥哥复员后，我跟着他学会了很多新的军旅歌曲。每当我挺着胸脯唱军歌的时候，都有种激情洋溢、热血澎湃的感觉。军旅歌曲给我的童年带来了豪情和快乐，塑造了我乐观、勇敢、坚毅的个性。

小学毕业后，我因为意外的事故造成失聪，耳边的音乐戛然而止。从此，我只能靠回忆去重温那些曾带给我激情和快乐的军歌。每当我感到疲惫和软弱的时候，在心里哼唱起那些振奋人心的军歌，一种激情和力量便从我心底涌出，让我鼓起了直面人生的勇气。

长大后的我，越来越真切地感受到：人活着，是需要一种精神来支撑的。对我来说，这个精神的源头就是童年里那些让我激情澎湃过的军旅歌声。是那些歌声给了我力量，让我没有被在生命长河里遇到的各类困难吓倒，鼓舞着我以战士般昂扬的斗志勇敢抗争，带着不屈和坚毅的精神顽强拼搏，追寻着理想的光芒，捍卫着生命的尊严。

匠心芬芳

▶ 文 / 红莲

一朵成功的花都是由许多雨、血、泥和强烈的暴风雨的环境培养成的。

——冼星海

在我幼时的记忆里，第一个有关匠人的名词是磨刀匠。

“磨剪子嘞——戗——菜刀——”小时候，几乎每个周日，都能听到楼下磨刀匠洪亮的吆喝声。拖着长腔的男中音，像戏曲中老生浑厚的唱腔，引得调皮的小孩儿纷纷跟着学——“磨剪子嘞——戗——菜刀——”

那时，似乎没有像如今大人一听到孩子学楼下小贩的叫卖声，就拉长脸甩出一句“没出息”的现象。相反，我能感到大人们对磨刀匠的敬意。每隔半年数月的，父亲听到楼下那熟悉的吆喝声，就会拿起菜刀急步下楼。父亲说：“那老伯磨出的菜刀，就是比我自己磨得好使……”身为工程师的父亲，以自身言行的恭敬，让我对一位衣着普通、双手粗糙的匠人敬意由生。

再大些，又认识了伞匠、鞋匠、弹花匠、缝衣匠……这些与百姓生活密不可分的匠人，也各自凭着一门精湛的手艺，赢得百姓的追捧和敬重。邻里街坊们闲聊时，最常说的就是哪个鞋匠修出的鞋耐穿，哪位伞匠修好的伞结实，哪个缝衣匠做的衣服样式新颖……那时还没“广告”这个概念，百姓们的口碑，无异是那个年代的优秀匠人最好的宣传。

参加工作后，我认识了很多工业领域的匠人。他们有的是磨工生产线上的先进，有的是车床边领跑的干将，她们有的是操纵天车的“空姐”，有的是严把质量关的检查员……但这些不同行业的工匠，都有一个相同的品质——爱岗敬业、追求极致。

依靠听机床声音，便能准确判断故障的磨工技师，能同时操作12台磨床，并且质量合格率达100%，被大伙称为“走在质量最前面的人”；敢操纵传统车床挑战国产数控车床的首席员工，以多年来练就的硬本领，产品加工精度令“机器人”对手也甘拜下风；遇到困难，不推卸、不抱怨，动手动脑化解难题的车工劳模，通过使用合理参数、正确分配夹紧力和切削力，居然能把众人眼中赚不住工时的“孬活”，干成不仅能赚到工时，加工精度也得到保障的“好活儿”；不用任何仪表，仅凭手摸就能准确报出产品粗糙度的检查技师，因了一手检测轴承的好手艺，以工人的身份，走进了专家的队列……

我曾亲睹过他们工作时的专注，那满脸凝重的静气，满眼心无旁骛的虔诚，让我想起干将和莫邪专心铸剑的传说，“采五山之铁精，六合之金英”，倾其一生心血，铸造出天下无双的雌雄宝剑。这些把全部心思都放在提升产品品质上的机械制造业的工匠们，工作中宁愿少拿点钱，也要保证经自己之手创造的劳动价值的纯度，那种心思的纯正，让周边的空气也弥漫上简净的气息，令人沐浴其间，心思纯净，备受鼓舞。

或许，正是因为专注，所以他们才更专业；正是因为敬业，所以他们才更沉静。在那些静气流淌的专注中，散发着一种历久弥新的清香，那正是匠心的芬芳。

第五辑

Chapter Five

唯美阅读

Weimei Yuedu

约好了春天开花

▶ 文/黑丁

对于心地善良的人来说，付出代价必须得到报酬这种想法本身就是一种侮辱。美德不是装饰品，而是美好心灵的表现形式。

——纪德

妻子突然从厨房里冲出来，甩着湿漉漉的手，急匆匆就要出门。

外面飘着漫天的雪花，这是入冬以来，杭州下的第一场雪。她这是要出去赏雪吗？可是，雪刚飘下来，就都融化了，还没有积起来呢。妻子摇摇头，说，昨天我和人家约好了，要买她的盆景，差点忘记了，刚刚想起来。

我拉住她，外面下着大雪，买什么盆景？等天好了再买也不迟啊。

妻子却坚持马上去。她解释说，昨天中午吃过饭后，我在单位附近溜达，在桥头，看到一个骑着三轮车卖盆景的老太太，有剑兰、文竹、金菊、还有水仙球。我想买几颗水仙球，赶到春节的时候，正好能开花。老太太却告诉我，这几颗水仙球都是卖剩下来的，芽发的迟，估计要到春节后才能开花。她说，我要是真想买的话，她明天再带几颗好的球株来，确保能在春节期间开花。真是一个善良的老太太，于是，我和她约好，第二天中午这个时候，还在这个地方，我等她。

我探头看看窗外，雪下得更大了。我对妻子说，外面下着这么大的雪，谁还会出门啊。再说了，那种路边的买卖，本来就是随口说说而已，你还当真了。

妻子执意要去。

我推出自行车，那就我替你跑一趟吧。

妻子的单位，离家大约三四公里，顶着风雪，向前骑去。我心里嘀咕着，肯定是白跑一趟，权当是体验一下雪中骑车的滋味吧。

赶到妻子单位附近，四处张望，风雪中除了偶尔几个顶着伞的路人，路上显得空空荡荡。果然被我言中了，也难怪，大雪天，谁还出门没事找事啊。

路滑，推着车往回走。拐弯的时候，忽然看见，路边的墙角，蹲着一个老大爷，面前摆着两只箩筐，都是水仙球株。没想到，这个天，还真有人坚持做生意，小本买卖，不容易啊。

问好价钱，我买了五个水仙球株。我是这样打算的：回去跟妻子撒个谎，就说找到那个和她约好的老太太了，水仙都是从她那儿买来的，免得她有失落感。

老大爷细心地用塑料袋，帮我将水仙球株一个个装好。他的毡帽上，飘落了好几片雪花，竟然没有融化。一看，落在地上的雪，也已经开始积聚了。这说明，气温在下降。

我劝老大爷，天冷，又下雪，不会再有什么生意了，赶紧回家吧。

老大爷双手凑到嘴巴前，一边哈着热气，一边点着头。

我推着车，慢慢往前走去。

身后，隐约听到老大爷在自言自语：“人家也许不会来了，真的不会来了。这个鬼天气，谁还会出门啊。老太太，太冷了，我得回家了，你可别怪我，我可是已经足足等了一个多时辰哦。”

原来……我霎时明白了。

我转回身。我要紧紧握着老大爷的手，我要大声告诉他，您没有白等啊。

雪打在我手中的水仙球株上，它们已经长出绿叶，她们相约，在春天开花。

时间不是老人

文/黑丁

时钟随着指针的移动滴答在响：“秒”是雄赳赳气昂昂列队行进的兵士，“分”是士官，“小时”是带队冲锋陷阵的骁勇的军官。所以，当你百无聊赖，胡思乱想的时候，请记住你掌上有千军万马；你是他们的统帅。检阅他们时，你不妨问问自己——他们是否在战斗中发挥了最大的作用。

——菲·蔡·约翰逊

一直以为，时间真是个老人。

没有人能告诉我们，时间有多老。时间比我们的纪元更老，以耶稣诞生之日作为公元纪年的开始，人类迄今的纪元才区区2023年，时间显然比之老多了；时间比三黄五帝更老，比开天辟地的盘古更老，比古希腊的时间之神克罗诺斯更老。我们能够追溯的人类历史，据考古专家们的观点，大约400多万年，而在此之前，时间就存在了。时间比我们已知的任何一个人更老，比我们已知的任何一个神仙更老，也比我们已知的任何一件事物更老。

因为无法确切地知道时间到底有多大年龄，人们于是相信，时间是个老人。

还有一个更重要的原因，那就是，人们宁愿相信时间是个老人。

因为，如果时间是个老人，它就会步履蹒跚，我们的脚步就可以追赶上它；如果时间是个老人，它就会慈悲为怀，慷慨地给予我们更多一点时间；如果时间是个老人，它的手就会绵软无力，经常像沙子一样遗漏一点时间给我们；如果时间是个老人，它的耳朵背了，听不到我们试图窃取它的时光的计谋；如果时间是个老人，它就会眼神不济，看不到我们大把大把荒度的时光，而因此惩戒我们；如果时间是个老人，它的神志也许就不再那么清醒，我们可以乘机糊弄糊弄它老人家，肆意地耗费它给予我们的时光……没错，如果时间是个老人，我们就可以轻松地向它预借一点，骗取一点，偷拿一点，甚至是巧取豪夺一点更多的时间；或者可以没节度、无羞愧、不自责地耗费一点、虚掷一点、浪费一点、透支一点属于我们或根本就不属于我们的时间。

时间真是个老人的话，那一切就太美好如意了，我们可以远离它的视线，摆脱它的掌控，挣开它的束缚，逃避它的惩戒，甚或可以纵横驰骋，为所欲为，天地之间，唯我为大。还有什么比挣脱时间的枷锁，更让人开心的吗？人生苦短，从此成为笑谈。

可惜，时间不是老人。它精明、敏锐、睿智、洞察秋毫、秉公无私、神力无边。任何企图逾越、凌驾时间之上的行为，都注定要被时间击溃。在时间面前的任何投机取巧，都不堪一击。

把时间比喻成老人，可以说是人类最蹩脚的一个比喻。

时间像个调皮的顽童，它和你玩耍、嬉闹、游戏，却在不知不觉中，把给你的时间，都悄悄地藏起来了；时间又像个害羞的少女，含情脉脉，令人痴迷、销魂，你以为可以和它进行一场旷世的爱恋，它却神不知鬼不觉地把你的时间，销蚀怠尽；时间还像个威武的壮士，守护着自己的阵地，任何对时间的企图，都将被它一拳砸烂；时间也像个主妇，如果你精打细算，勤俭有为，它就会用擀面杖，将你的时间，碾压得又细又长，让你受用终生。

有时候，时间更像个吝啬鬼，惜时如金，永远别指望从它手上，多拿一秒钟；时间又可能就是个魔鬼，手持魔罩，时刻准备剥夺本属于你的时间；时间也可能像个天使，给予珍惜它的人，更多一点回馈。当然，正如人们习惯比喻的那样，时间也可能真的就是个老人，这位老人，德高望重，洞悉一切，令人敬畏，不容冒犯。

其实，在我看来，时间更像是一面镜子，它竖在我们每个人的心中，你以怎样的面目出现，以怎样的态度对待时间，时间就还你一个最真实的你。在时间面前，从无例外。

餐桌是最好的课桌

▶ 文／丹夫

做一个好听众，鼓励别人说说他们自己。

——戴尔·卡耐基

白从儿子上中学之后，我与儿子见面最多的地方，就是餐桌上。

早晨六点，儿子必须准时起来，洗漱，吃早饭，然后，出门去上学。这时候，我多半还没有起床。中午，我们一家三口，在各自的食堂吃饭。晚上，儿子总是最后一个回到家，课多，放学迟，没办法。等儿子一回家，我们就开饭。为了让儿子能吃上一口热饭，妻子总是能在门铃响起来的时候，恰到好处地炒好最后一道菜。儿子放下书包，径直来到餐桌旁，吃饭。他总是埋头吃得很快，狼吞虎咽，很饿的样子，又很匆忙的样子。让他吃慢点，他嘟囔着，还有好多作业要做呢。我和妻子相互看一眼，怜惜地叹口气。吃好饭，儿子一转身，去他自己的房间，做作业去了，直到很晚，才出来洗漱一下，睡觉。这一天就算结束了。

即使双休日，与儿子的见面机会也不多，大部分时间，他在自己的房间里看书，做作业，除了偶尔出来喝口水，或者上厕所。不过，双休日终究是不同的，唯有这两天，我们一家三口，才可以围坐在餐桌旁，共进早餐、午餐和晚餐。这是多么难得的幸福时光。因此，双休日的任何应酬，我都是推辞的。

餐桌，是我们一家三口，尤其是我们俩夫妻与孩子聚在一起最多的地方。餐桌上，也成为我们了解儿子的一个窗口。一个非常重要的窗口。

儿子在学校的情况，除了老师告知的，我们基本上都是在餐桌上获悉的。今天在学校遇到了什么新鲜的事，开心的事，或者不顺心的事，儿子都会告诉我们。这算是我们从小培养他的一个好习惯，不管遇到什么事，都和父母讲。还是儿子上幼儿园的时候，有一天，他回来之后兴奋地跟我们讲，班上有一个女同学，对他特别特别好，长大之后，他一定要讨她做老婆。我和妻子笑岔了气。但我们没有批评他，更没有训斥他，只是告诉他，等你长大了，还这样想的话，我们一定支持你。没过多少天，儿子就忘记了这个茬。

初中的时候，儿子喜欢上了班里的一个女生，每次看到她，脸都憋得通红，上课老是走神，儿子很苦恼。这次也是吃饭的时候，他自己告诉我们的。孩子早恋固然不好，但可怕的其实并不是早恋本身，而是父母压根就不知情，而错失了帮孩子一把的机会。儿子告诉我们之后，我和妻子认真地商量了对策。第二天吃晚饭的时候，我们告诉儿子，你那个吧，其实算不上早恋，顶多只是暗恋，单相思。正像你暗恋这个女生一样，说不定也有个女同学暗自喜欢你。儿子的脸，被我们说红了。我赶紧又补了一句，老爸年轻时，也和你一样，有过暗恋。这下惨了，儿子穷追不舍让我交代自己的老底子。我只好老实交代。儿子瞅一眼老妈说，没想到老爸年

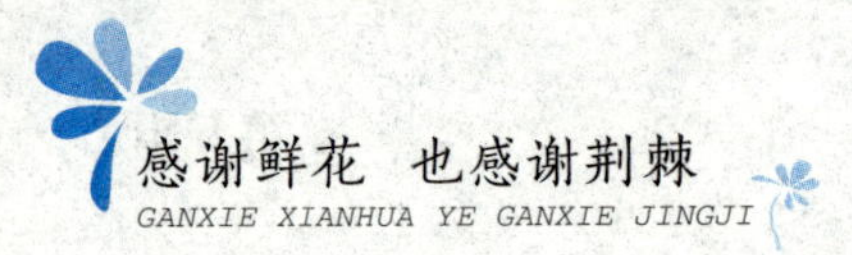

轻时还这么浪漫。我说，你老妈也有故事。在儿子的追问下，妻子也坦白了。听着我们那个年代久远的故事，儿子笑翻了。我告诉儿子，喜欢女同学，这是很纯洁的感情，很正常，既没必要担心，也没必要自责，你可以把它当成一件贵重的礼物，暂时埋在心底。儿子听从了我们的建议，慢慢地渡过了这一关。他和那个女同学，成了最好的朋友。

只要儿子愿意在餐桌上讲的事，我和妻子都会认真地倾听。让孩子敢讲话，乐于讲话，并把话讲完，这是非常重要的。有的人喜欢用餐时放音乐，而在我们家，一家三口其乐融融地边吃饭，边交谈，是最美妙的一件事情。尤其是在儿子上高中之后，我意识到纵令儿子与我们在一起吃饭，也将慢慢变成一件奢侈的事情，因为他很快就会离家读大学去了，到了那时，只有假期，我们一家才有可能团聚在一起了。因而，每一次围坐在餐桌旁的机会，都弥足珍贵。

也有很多时候，儿子不想讲话，只顾埋头吃饭。这时候，我就会和妻子交流一下各自工作中的情况，并就某个问题，旗帜鲜明地发表自己的意见。有时候，儿子也会突然冒出一句，表明他的观点和态度。不要以为孩子与这件事无关，他就丝毫不关心，对这个世界，他开始尝试着有自己的价值判断。而这样的交流，同样会潜移默化地影响他。

没错，对一个家庭来说，餐桌远不止一个吃饭的地方，它还是一个非常重要的交流平台，特别是有孩子的家庭。餐桌是家里最好的课桌，它可以帮助你教给孩子很多在课堂上学不到的东西。

对生活说“真好”

文 / 张云松

当我偶尔对人生失望，对自己过分关心的时候，我也会沮丧，也会悄悄的怨几句老天爷，可是一想起自己已经有的一切，便马上纠正自己的心情，不再怨叹，高高兴兴的活下去。不但如此，我也喜欢把快乐当成一种传染病，每天将它感染给我所接触的社会和人群。

——三毛

或多或少，或轻或重，人都是有着自己的口头禅的。

乐观者常说，“只是一点儿毛毛雨而已”；悲观者常言，“我的天啊，这可如何是好呢”；自负者常云，“他也不过如此吧”；自卑者常语，“咱怎能跟人家相比呢”；无畏者常论，“狭路相逢勇者胜”；胆怯者常道，“多一事不如少一事”……

一句普普通通的话在某个人的口语中出现的频率偏高时才会升格为口头禅的。言为心声，在一般情况下，口头禅最能集中体现一个人的价值观念和思想境界。

我有一位同事，比我小上几岁，相处时日不多就发现他说话的一个明显特点：他喜欢在谈及一件事情时在前面加上“真好呀”三个字，而且每次脸颊上一定浮起浅浅的笑意。

“真好呀，我们又可以上班了。”“真好呀，我们终于下班了。”“真好呀，今天干的活儿这么多。”“真好呀，今天的任务很轻松。”……许多的事情，甚至是完全相反的两件事也被他冠以同样的口头禅。事情当然不可能总好，只是加上这句“真好呀”，一件稀松平常的事也会蒙上一层理想化的色彩，一件不太好的事也会因此减轻了事件本身的严肃性和严峻性，而若是一件好事，自可增大心中喜悦的振幅。同事真是一个生活的智者！

一句句“真好呀”像一阵阵清凉的风吹皱一池春水，层层美妙的涟漪就这样荡漾开去，并给旁人以同沐春风般无边惬意。境由心造，难怪他的身上总是蓄满着朝气，难怪他的办事效率总是“居高不下”，难怪他的成绩屡屡受到上司的肯定。

我们不在同室办公，每逢工作的罅隙或者身心感到疲惫的时候我常去敲他的门，只为听他那句有如天籁般清心的“真好呀”。短短的三个字，竟让一切有关人生的说教在瞬间变得黯然苍白。

回想起他往日里说口头禅时的情景是这样的：“真好呀，今天的天气多晴朗”，可我分明看到他额头有密密的汗珠沁出；“真好呀，今天下雨了”，可我分明看到他差点儿被淋成了落汤鸡；“真好呀，要加班了”，可我分明知道他事先曾有其他的安排……他的潇洒风神和阳光气质让人钦佩。

但让我更深层次地钦佩他是缘于后来对他家境的了解。他的母亲得重症常年卧床不起，父亲在一家濒临倒闭的小厂子里上班，还有一个读大学的弟弟花钱正盛……原来，他所说的“我又可以上（加）班了”是指又可以挣钱来支撑家庭的最低开支了，他所说的“我们终于下班了”是指又可以回家做家务照顾家人了。一蓑烟雨任平生，也无风雨也无晴，坚毅与达观增加的是脊梁的硬度和生命的厚度。

在逆境面前，同事是无忧无惧的乐天才子苏东坡，而决不是絮絮叨叨以期博人同情的祥林嫂。他像一阵旋风一样从容地穿越人生的荆棘，而穿越之后依然保持着穿越前旋转的超逸。有了这份超逸随身，便有了超越生活苦难的能量，即便深陷孤岛危机重重也能“弹起我心爱的土琵琶，唱起那动人的歌谣”。

细细品味，同事对生活说的“真好”断不是一种精神上的自我陶醉和麻痹，一句句“真好呀”里面还蕴涵着对生活的感恩，对当下的知足，对困难的藐视、对幸福的提醒和对未来的憧憬。想来，感恩和知足盈心，困难自会退却，幸福自会到来，关于未来的愿景自会铺开，同事的境界让人仰望。

在这个物质一路奔跑，精神跟进乏力的年代，每每听得“无聊”“没劲”“漂泊”等浮躁颓废的话语从一个个面容惨白的人口中迸出时，我都会一脸喜色地在心里对自己说，“平生能够逢上一位把‘真好呀’作口头禅的同伴实在是真好呀！”

对生活说“真好”，如果一定要在前面加上一个期限，我希望在尘世行走的每一个人亮出的答案都是相同的两个字——永远！

要的就是“过”

文/张云松

> **教育的艺术首先包括说话的艺术，同人心交流的艺术，教师的语言修养在极大程度上决定着学生在课堂上脑力劳动的效率。**
>
> ——苏霍姆林斯基

去一所陌生中学听课，讲课内容是“诗歌鉴赏之虚实结合”。

我并不认识授课教师，正如授课教师并不认识受课学生，又如受课学生并不认识我一样。

执教的是一位男青年，衣衫整齐，一脸严肃，给人一种很正统的感觉，但很快他的表现就轻而易举地颠覆了我的第一判断。为了融洽师生关系，上课伊始，这位老师就引吭高歌了几句何晟铭的《佛说》，颇具磁力的歌声很快就赢得了一阵掌声，气氛一下子轻松了许多。

掌声过后，老师顿了顿，然后进入了他的开场白，“佛说，前世的五百次回眸换来今生的一次擦肩而过；佛又说，前世的五千次回眸换来今生的一泓秋波；佛还说，前世的五万次回眸只为今天的这一节语文课！”

出人意料的第三个分句话音刚落，掌声笑声同时响彻教室，显然学生们对眼前的这位陌生老师已经产生了极大的好感，这种好感又把刚才由于后面听课者云集所带来的无形压力冲淡了许多。

师生之间的配合就这样驶入了“无间道”，老师讲得顺畅无比，学生听得带劲儿“异常”。不时有学生主动站起来提问或回答问题，每一次老师都让他们自报家门然后再坐下。评语也结合学生的姓名临时确定，如“王佳宁就是佳！”“宋长新的见解实在新！”……低烈度的笑声持续不断。

中间有一个环节是让学生把练习题的答案书写到黑板上，本来只有两个人的答题空间硬是上去了六个人在上面争地盘，你不让我，我不让你，气氛经过一再地积累发酵近乎火爆，就差肢体冲突了。

这次同样要在下讲台前把答题者的名字亮出来，其中有一个叫“白焱”的同学的署名引起了他的注意。待大家都答完题撤回座位后，只见老师含笑步入讲台，用红笔圈起了一个“焱”字，然后就地取材故作严肃地说，“给这六名同学一个总体评价——焱，如果一定要用一句歌词来表达的话，我想应该是——“我的热情就像这三把火，燃烧了整个语文课堂。”随后自顾自地唱着改编的费翔的《冬天里的一把火》，台下高烈度的笑声也紧随而至。

课近结束，老师又哼起了这节课刚开始时的那首《佛说》，然后继续推介他的新版《佛说》，“佛说，握紧拳头，你会一无所有，因为世间万物皆空；佛又说，伸开手掌，你将拥有全世界，因为唯有空才能包容万物；佛最后说，万条真理一句话，虚实结合就是好！”

一个个大拇指竖起来，一次次叫好声经久不断。

老师抱拳致谢，对眼前的学生做了如下的评价：“反应过度，配合过好，热情过火，战力过牛，表现过疯，让人实在印象过于深刻！简称‘六过’。”

持久的掌声中，老师挥手告别，全体同学追出了教室……

这是我平生听到的最给力的一堂课，受教之余不禁想到，国人喜欢奉行中庸之道，凡事求和求稳，力求不偏不颇，不冷不热，不远不近，不悲不喜，这固然是一种做人与处世的智慧，但凡事皆如此势必会让思想趋于保守，行动滑向拘谨，长此以往，难免会忘记其实在不违背大原则的前提下，人生许多精彩风景都要由一个“过”字来实现启动和维持的。让一次次展示自我的好机会独自擦肩而逝，想来这将是多么遗憾的事情呀。

天地不限人，而人自限之。难怪“佛说，过，过，过！”

日食的启示

▶ 文 / 张云松

美有三个要素：第一是一种完整或完美，凡是不完整的东西就是丑的；其次是适当的比例或和谐；第三是鲜明，所以鲜明的颜色是公认为美的。

——托马斯·阿奎纳

日食是当月球运行到地球和太阳的中间，太阳光被月球挡住无法抵达地球而形成的一种天文奇观。日食，在带给百忙于尘世俗物的地球人以仰望天空的机会的同时，也留给了我们更多的思索。

首先，不必惧怕被遮挡。

从物理光学的视角看，有光亮就难免会有阴暗区域的存在，再耀眼的光亮也有它照射不到的地方。太阳光可谓是强盛之极，但在某一个具体时刻它也只能照到地球的一个半球，另一半则是暗暗的黑夜，即使在所谓的白昼也可能有一时地被遮挡，于是有了日食现象的发生。人，不必苛求一

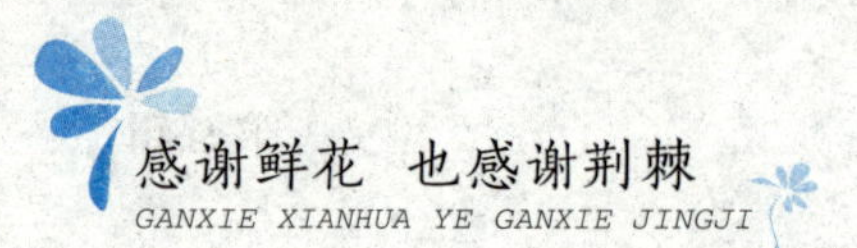

开始就鹤立鸡群光芒四射，也不必奢望举世称赞处处口碑，要知道“被遮挡”和“被阻挡”是成功前的一种常态，只要努力做好自己所认定的事业，在自己的位置上奋力地散发自己的光和热，积土成山集腋成裘终究会有在本领域内出人头地高耸云海的那一天。要知道，被遮挡和被阻挡只是一时的，非议和偏见只是一时的，是金子就不怕尘埃粒粒落下，是凌云木就不惧早年埋头深草无人识的寂寞奋斗岁月，问题的真正关键在于如何潜心地把自己打造成足色之金和凌云之木。

其次，刺目的强光不宜长久直视。

日食高烈度的光芒刺目灼人，直视对眼睛的伤害不言而喻，至少需要隔着一块儿黑玻璃正确观看方能确保安全无虞。我们的生活中也有一些诸如状元名人明星之类的夺目人物，他们的光芒也不宜长久地去直视。直视其光彩照人的一面时间过长，可能灼伤的不仅仅是我们的眼睛，还有我们心灵深处的自尊与自信，甚至滋生出嫉妒的心火于人于己都无益处可言。我们也需要在明星和自我之间横上一块儿叫做理性的镜片，过滤其“华”深窥其“实”，从而避免盲目的羡慕、崇拜、不平和自卑所引发的链式反应，多看人家光芒后面流淌的汗水，多看人家背后脚印留下的求索轨迹，这些都比那些表面化的东西更真切更能给人以启迪智慧和决心思齐的力量。

再次，精彩源自合作的默契。

太阳虽然光芒万丈在整个太阳系中一超独大，但若没有月球和地球的配合是断无日食这一壮丽景观出现的。古往今来，凡成大事者环视其身旁都有一群股肱之人在鼎力相助。人毕竟是社会化的动物，在学会自立技能的同时也必须学会精诚合作的本领，不仅要与同级别者合作，还要善于与不同级别者开展合作。真正称作睿智的人不会因为对方强大而疑虑重重退避三舍，也不会因为对方弱小而不屑一顾盛气凌人，做到前者需要心胸和勇气，做到后者则需要眼光和品格。正所谓尺有所短寸有所长，有的时候高个子骆驼做不来的事小个子羊可以做到，大人做不来的事小孩子可以做到。擅长默契合作整合周边资源的人总会更顺水顺风地先期抵达成功的彼岸。

还有，身后的背景也可以成为自己的风景。

同一个人同一件事，放置的空间不同舞台不同风景往往就不同。“乾坤一台戏，日月两盏灯”。想来日食乃至月食只不过是日、月、地三位太空玩家以乾坤为背景演绎的一个大手笔，也可以看作是它们表演的一场短时游戏罢了。相较而言，我们的人生充其量只能勉强称作是一场关于微生物的游戏而已，其中的苦辣酸甜更是何足道哉。“寄蜉蝣于天地，渺沧海之一粟”。当年仕途遭遇重大坎坷的苏东坡月夜泛舟赤壁之下的故事启迪我们：摆脱苦闷有两大一而二又二而一的良方，一是把苦闷置于久远浩瀚的宇宙时空中去淡化和稀释，一是让自己逢上的不幸连同自己在广阔空间内瞬间渺小化。心境决定视野，背景就是风景，那一夜作为“闲者”的苏学士成了“江上之清风”与“山间之明月”的真正“主人”。天地不曾限人，而人常局限于自己所设的小天地，为此当我们感到举步维艰呼吸困难悲观绝望甚至痛不欲生的时刻，再一味地画地为牢实不足取，不妨试着把自己的舞台放大，把自己身后的背景延展，你终会在拥有豁达与豪气的同时获取到人生的智谋和一番可供自己形体与精神自由腾跃的新的天地。

成功耻字诀

▶ 文 / 张云祥

> **幸运所生的德性是节制，厄运所生的德性是坚忍……**
>
> ——培根

耻者辱也。耻与辱二字用于名词时无论意义和用法都是一般无二的。

繁体的“耻”字从字面上看是左“耳”右“心”。这一书写构成在提示我们，当带有羞辱性的信息通过听觉引起内心的反应时，耻辱就这样生成了。

没有人喜欢与耻辱相伴，然而，造化弄人，“耻”字有时却让人无法拒绝地闯入到人生字典中。做一只“愤怒的小鸟”，“自挂东南枝”，无视耻辱“乐不思蜀”，“知耻而后勇”，耻字当头时人们可做出的选择大抵不外乎这几种。

第一种最浅薄，第二种最遗憾，第三种最悲哀，而让人最佩服的选择永远是最后一种。

左“耳”右“止”，相较而言，简体的“耻”字更能暗合“知耻近乎勇”或“知耻而后勇”之意。“止”即脚也，这就在启示我们，面对“耳”接收到的耻辱信号，我们不仅要有心灵的触动，更要有实际的行动——迈开脚步，勇往直前，改变自我，改变现状！

如此，“耻”字本身所蕴含的思想上的奋进内驱力就会由隐性变成显性，就成了一种鞭策，一种激励，甚至是一种创造奇迹、步入辉煌的持久推力。试想，当一个人这样不断地进行自我超越式的前行，从平庸一步步走向优秀，从优秀一步步走向更加优秀时，先前的耻辱之碑柱即使不会轰然崩塌，也会成为另一种意义上的见证。

耻辱多像一匹貌似凶狠的饿狼呀，有它在后面露着牙齿、面带凶相地穷追着嚎叫着，我们岂能做出放弃奔跑停滞不前的举动？不能！事实上，很多成就不俗者就是在被这匹从不讲情面的饿狼的一路追赶的过程中，不断地把自身潜力转化成外在能力，向前，向前，向前，最终沐浴到胜利的曙光的。

在历史上这样的事例可谓是不胜枚举的。

勾践遭逢的会稽兵败之耻让他改华屋玉食为卧薪尝胆，苦心积聚起足够的力量创造了“三千越甲可吞吴”的经典传奇。出游数年、一无所成而落魄归家的苏秦遭逢“妻不下紝，嫂不为炊，父母不与言”的耻辱，这让他刺股夜读兵书，终于登上集六国相印于一身的功业巅峰。“能死，刺我；不能，出胯下。”遭逢一个淮阴年轻屠夫的胯下之辱的韩信拼命自强，终成“汉初三杰”之一，升入“将星闪耀的历史天空”。因上书为李陵兵败辩解而遭逢腐刑的司马迁呕心沥血终于完成了一部被鲁迅称之为“史家之绝唱，无韵之离骚”的鸿篇巨制——《史记》。遭逢靖康耻之家国不幸的岳家军所向披靡，让敌手发出“撼山易，撼岳家军难”的千古慨叹……

其实，无论过去还是现在，从来都不乏忍辱负重终成大器的身影。而且，在竞争日益激烈的今天，我们似乎更容易遭受到大大小小“耻辱”的袭击，比如考试落榜，比如求职遭拒，比如排名靠后，比如业绩下滑，还有周边汹涌而至的冷嘲热讽和傲慢偏见……

其实，耻辱并不可怕，可怕的是被耻辱的冰冷阴影所俘获，从而丧失了面对和战胜它的勇气和行动。

当耻辱不容分说地袭来，就让我们用十六字“耻字诀”来与之对抗——“知耻后勇，勇往直前，超越自我，抵达成功”。

早晨从一朵花开始

文 / 丹夫

人生并不像火车要通过每个站似的经过每一个生活阶段。人生总是直向前行走，从不留下什么。

——刘易斯

窗外又传来“唧唧喳喳”的鸟雀声。

最近一段时间以来，每天一大早，我都是在鸟雀声中醒来的。在城市生活已久，除了公园之外，很少能够听到鸟声。是什么吸引了这些鸟雀，来到我的窗前？

起床，好奇地来到阳台上。树冠和栅栏上，飞跃着一大群麻雀，还有几只画眉、燕雀，以及我叫不出名字的小鸟，唧唧喳喳地叫着，跳着，闹着，围着一楼的院子，似乎在迫不及待地等待什么。

低头，看见一楼的院子里，一大一小，两个身影，正在弯腰忙碌着。我认得她们，她们是楼下刚搬来不久的邻居，一家印度人，听说男主人就在附近的一家软件公司做工程师。正在忙碌的是母女，小女孩五六岁的样子，还没有上学，英语很好。他们是我们这个小区唯一一个外国人家庭，所以，很快就引起了大家的注意。我虽然就住在他们楼上，却还没有和他们打过什么交道。

她们在作画。奇怪的是，并不是在纸上，而是直接在地面上；也不是用笔墨油彩，而是用一种粉末状的东西，均匀地撒在地面上。她们搬来的第二天，我就惊讶地发现，一楼院子的空地上，突然冒出的一朵盛开的海棠花，从楼上俯瞰，一层一层的花瓣，竞相怒放，丰润、立体、鲜艳。以为是一朵真花，细看，竟是彩色的粉末做成的。真的很美，使灰色的地面，立即有了生机。但我实在不明白，她们为什么要在地面上做这样一幅画，一朵花？第二天，海棠花没了，还是在那块空地上，又出现了一朵红色的牡丹，在边上两片绿叶的映衬下，牡丹花显得无比娇艳。第三天，牡丹花又变成了一朵米黄色的玫瑰，含苞待放。第四天，是几朵簇拥在一起的梨花……每天，在那块空地上，都会有一朵或一簇花朵，灿烂地盛开，或红、或黄、或粉、或紫，五颜六色，娇艳欲滴。

我好奇地注视着她们，这是我第一次看见她们在作画。妈妈先用灰色的粉末，勾出边线，女儿端着一个彩色的盒子，跟在后面，往线里面撒着彩色的粉末，一会儿，一片花瓣现出了它优美的形态，一片叶子，伸展出它的经脉。真的太美了。我不由啧啧称赞。

听到楼上的动静，母女两人都直起腰，抬头。言语不通，我冲她们竖起大拇指。“您好，先生，我们没打扰您吧？”没想到，女孩的妈妈竟然会讲普通话，而且说得很好。女人看出了我的惊讶，解释说，她大学学的专业就是汉语。我冲她们笑笑，你们的花，真美，谢谢！树枝上的鸟雀，唧唧喳喳地叫着，好像在回应我似的。

她们继续作画。早晨的空气，清新，凉爽，有隐隐的花香和泥土的气息。五片红色的花瓣，盛开，中间是黄色的花蕊。我不认识，就问她们，这叫什么花？女人笑着说，木棉花，是我家乡最常见的一种花。

犹豫了一下，我终于忍不住，问出了那个一直困扰我的问题，为什么要在地面上作画，画花？女人直起腰，抬头看看西方，那是她家乡的方向吧。她说，这是她家乡的习俗，也是一种宗教仪式。她的家在印度北部比哈尔邦的一个偏僻、贫瘠的小村庄，每天早晨，只要有女孩子的家庭，一大早女孩子做的第一件事情，就是在自己家的门口，用彩色的粉末，作画，可以是一朵花，也可以是一棵树，还可以是一座房子。彩色的粉末画，是灰色村庄中唯一的亮色。

女人指指手中的盘子说，这个盘子里的粉末，就是用稻米和小麦做的，需要什么颜色，加一点植物的颜料就可以了。女人说，在自己的家乡，直到今天，还很贫穷，粮食并不富余。那为什么还要用粮食的粉末来作画呢？女人指指站在树上的鸟雀说，因为我们相信，每一个生命都值得尊重，包括天上的这些飞鸟。用粮食的粉末作画，既美化了自己的家，又可以让路过的鸟儿吃饱肚子。

我们的一天，就是从一朵花开始的。女人腼腆而自豪地说。我到中国已经六七年了，在几个城市生活过，这个习惯，也至今保存着。

原来是这样。我由衷地向她们母女点头致谢。小女孩对着树上飞来飞去的小鸟，叽里咕噜说了些什么，然后，拉着母亲的手，往家里走。她是要把这朵花，这个院子，以及这个早晨，都让给那些迫不及待的鸟儿们吧。

我也轻轻地从阳台退回到房间。我看到众鸟扑楞楞飞进院子，我听见了它们欢快的歌唱，在这个无比清澈、无比美丽的早晨。

借光

▶ 文 / 张云祥

趁年轻少壮去探求知识吧，它将弥补由于年老而带来的亏损。智慧乃是老年的精神养料，所以年轻时应该努力，这样，年轻时才不致空虚。

——达·芬奇

年龄越大，越能让人真切地体悟到光阴的如流而逝。

白日忽西匿，昼短苦夜长。想来古人把时间称作“光阴”实在是再准确和贴切不过了。转眼间，日出又日落，光明转阴暗，长夜的黑幕不容分说地拉下，一个生活日、工作日抑或读书日就这样说没有就永远地没有了。

不过，在内心汹涌的求知浪潮的驱动之下，那些“穷且愈坚，不坠青云之志”的古代学子们还是想出了各种不与黑夜相妥协的办法来把手中的书卷照亮。于是，有到中庭借雪光的，有去屋顶借月光的，有在室内借干柴猎猎燃烧之光的，还有借囊中萤火虫之光的，更有甚者，凿穿墙壁从邻家借来了一洞光亮……

这些古人的勤奋精神是多么可贵的呀，正如光在他们心中是无比宝贵的一样。尽管这些读书人借到的只是微弱而有限的光芒，而这微茫足以照亮前方，照亮梦想，照亮横渡沧海的云帆。

如若能够拥有穿越时空的力量，去和他们进行近距离的接触始终是我的首选。我渴盼与他们通过“隔空对话”来感染自己一身的高远志向，我还渴盼把他们读书的日常场景录制成一段段的高清视频，回来后发到互联网上，供今日之学子们来作极好的励志之源。

“一寸光阴一寸金。”这些令人仰慕的古人们是在无声无息中全力以赴地收获生命的黄金呀！时而因困惑而蹙眉，时而因惑解而颜开，时而因身体疲倦而生出哈欠，时而因内心敞亮而升腾豪情。他们用手紧紧握住的又岂止是微光下的书卷？一切都因为，他们心中最明白，人生中最残忍之事莫过于让光阴虚掷、岁月空添。

“寸金难买寸光阴。”《淮南子·说林训》中也有一句与之意思相近的话语——“圣人不贵尺之璧，而重寸之阴，时难得而易失也。”是的，寸金与尺璧失可复得，但流逝的光阴又有几人能买回？崔护的“人面桃花”只能在“去年”的清明时节“相映红”，李清照的“溪亭日暮”只能以“常记”的方式在心头浮现，至于王安石的老乡方仲永更是注定只能“泯然众人矣”。落花已作风前舞，就别指望它再次绽放枝头笑春风。

古往今来，光阴是人类谈及的一个永恒的话题，光阴将一个人偶然性地带来，又把一个人必然性地带走，而人生之路上发生的每一件事，无论成败得失无论喜怒哀乐，都少不了它的参与或成全。

孔子说，“逝者如斯夫，不舍昼夜”；庄子说，“人生如白驹过隙，忽然而已”；汉乐府中说，“少壮不努力，老大徒伤悲”；古诗十九首中说，“人生寄一世，奄忽若飚尘”；曹操说，“对酒当歌，人生几何”；陶潜说，“及时当勉励，岁月不待人”；李白说，“高堂明镜悲白发，朝如青丝暮成雪”；颜真卿说，“黑发不知勤学早，白首方悔读书迟”；晏殊说，“一向年光有限身，等闲离别易销魂”；秦观说，“梅英疏淡，冰澌溶泄，东风暗换年华”；岳飞说，“莫等闲，白了少年头，空悲切”；朱熹说，“少年易老学难成，一寸光阴不可轻”，蒋捷说，“流光容易把人抛，红了樱桃，绿了芭蕉”；明代画家文嘉有一首脍炙人口的《明日歌》同样在语重心长地告诫世人和后人要珍惜光阴……

今人朱自清的散文名篇《匆匆》更是把这种惜时的情结和理念进一步地引向了形象化和深刻化。匆匆太匆匆，在来去匆匆的光阴里穿行，更让我们对古代那些勤学之士仰之弥高。他们用意志和行动向漫漫黑夜发力，向短暂人生借光，借到的不止是光明，还有光阴，比黄金和玉璧更为贵重的光阴！

其实，那些隐在光阴深处的“借光古人”一直都在启示着我们：“向天再借五百年”或许不易实现，但以勤为径、以苦作舟却可以把流经自己身旁的一分一秒的光阴抓到手中进而转化成一种积极人生的价值和意义。

“人长久”只是“但愿”，“酬勤”却是“天道”。试问，还有什么比以天道“借光”更具励志正能量的呢？

憨厚的智慧

文 / 李继平

对好人行善，会使他变得更好；对恶人行善，他就会变得更恶。

——米开朗基罗

说阿宝憨厚，其实是大伙对他有点儿傻里傻气的一种比较褒义的评价。公司上下没人看好阿宝。

瞧他的长相，那是太一般了。不但个矮，身材还球形。文凭也不如大家，全公司只有他是个大专生。论交际，他绝对是个低能儿，见生人会脸红，不会喝酒也不打牌。大伙出去活动，他就躲在办公室傻干。

其实，阿宝智商不低。公司电脑常出故障，都是胖胖的阿宝扒在桌子底下修好的。大伙午间玩牌时，他不是抱着书啃，就是拿出工具软件，把大家的电脑杀杀毒，整理系统，清理垃圾。阿宝力气不小，办公室在6楼，没电梯，上上下下需要搬东西时，他总是争先恐后，一个顶仨。大伙还没开始动手，他已出了一身汗。

其实，阿宝的业绩也不错。但他不懂“保护”，有些年轻人“抢”他的客户，他只是笑笑，不争。到了年终，他的业绩就靠后了。

年初，部门有个去总部进修的名额。大家都在争，因为按惯例去进修的人回来后就是部门经理人选。竞争激烈，经理左右为难，便投票。每人发一张白纸，写两个名字，票数最多者去进修。意外的事发生了，部门20人，阿宝得了18票，其他人都是一两票或三五票。原来，每张纸里的两个名字，多数人都写了自己和阿宝的名字。他们竟然趋于一致地认为，写自己的名字等于给自己多一份机会，而大家都不看好阿宝，写他的名字是为了让别人少一份机会。大家算得太精，最终反把机会给了有点傻里傻气的阿宝。

水到渠成，阿宝去总部进修，回来果然就当上了部门经理。前任经理调往总部，离开时他说，我本来就是要推荐他当经理的，就怕你们不服气，没想到他当经理也是众望所归，我也就放心了。

投票有偶然性，但成功却有其必然规律。说阿宝憨厚，那是大家没有看到，其实憨厚是一种与生俱来的智慧。专注于工作中每一件小事的阿宝，纵是没有那样的投票，一样能水到渠成收获成功。